MARGUERITE
Binoix

BATTUE

RÉCIT

J'AI LU

À la mémoire d'Agnès et de toutes celles qui sont mortes, étouffées dans les bras d'un amour qu'elles croyaient possible.

Préface par Amnesty International

Ce livre est le récit d'une histoire personnelle : celle d'une femme qui, pendant des années, voit sa vie détruite petit à petit par la violence qu'elle subit au quotidien. Pourtant, au fur et à mesure des événements décrits, ce sont toutes les facettes d'une histoire universelle que l'on découvre, celle d'un phénomène mondial encore trop sous-estimé : la violence conjugale. Ce que vit l'auteure, des propos méprisants aux coups terribles qui s'installent petit à petit, du besoin de croire encore à son couple à l'anéantissement de ses forces, en passant par l'incompréhension et le silence coupable de l'entourage, est emblématique de ce que de nombreuses femmes vivent au quotidien, en France comme ailleurs, sans égard pour les frontières de classes, d'âges, d'origine.

En France, à l'aube du troisième millénaire, près d'une femme sur dix déclarait des violences physiques, sexuelles ou psychologiques dans les douze derniers mois de sa vie de couple. En France toujours, une femme meurt tous les deux jours sous les coups de son conjoint. Les femmes sont les principales destinataires de cette violence. Si les auteurs bénéficient encore trop souvent de l'impunité et si les femmes rencontrent des difficultés dans l'accès à la justice, c'est que la société préfère souvent fermer les yeux et reléguer les faits au domaine privé. Amnesty International a décidé de mettre la lutte contre les violences faites aux femmes au cœur de son action et de sa réflexion, afin que le respect des droits humains devienne une réalité pour chaque femme et chaque homme. Son objectif est de se saisir des principes et des outils de droit international pour interpeller l'État dans son devoir de prévention, de sanction et de réparation de ces violences. Loin d'être une affaire privée, les violences envers les femmes sont bien une violation de leurs droits humains fondamentaux.

Que ce soit le droit de vivre libre de toute torture, libre de tout traitement inhumain ou dégradant, ou le droit à la vie et le droit à une protection égale devant la loi, il est essentiel d'agir aujourd'hui pour que ces violations quotidiennes cessent. Toutefois, si l'on veut y mettre fin, c'est à la racine de ces violences, à leurs causes profondes qu'il faut s'attaquer. Si les femmes sont la cible de violences spécifiques, c'est qu'il existe encore aujourd'hui, en France et dans le monde, des normes sociales et culturelles qui attribuent à l'homme et à la femme des rôles stéréotypés, figés, où le masculin l'emporte sur le féminin. C'est ce que l'on appelle la discrimination fondée sur le genre, identité qui repose sur une différenciation physique, le sexe, mais qui est avant tout une construction sociale. Le sexisme, tout comme le racisme, repose sur la négation arbitraire de l'égalité de l'autre, sur le refus de considérer cet autre comme un alter ego pour la simple raison qu'elle est femme ou qu'il est étranger. Dans ce cadre-là, ce n'est pas seulement l'État qu'il faut interpeller mais l'ensemble de la société, afin de mettre en cause des pratiques et des idées reçues trop longtemps banalisées et qui alimentent, jour après jour, le terreau propice aux violences et aux discriminations à l'égard des femmes.

Amnesty International salue le courage de Marguerite Binoix qui vient ici nous livrer le cycle infernal qui l'a longtemps gardée sous emprise. Amnesty salue aussi le courage de ces femmes et ces hommes qui luttent au quotidien afin que la dignité et les droits humains de chacun deviennent réalité.

Plus d'informations sur les actions d'Amnesty International sur la question des violences faites aux femmes : www.amnesty.fr

Bérénice

Vendredi 8 novembre, l'horloge de ma voiture indique 9 h 30, il pleut. Codes allumés, je me traîne à quarante à l'heure derrière un camion à bestiaux qui n'avance pas. Impossible de doubler sur les accotements boueux, or j'ai rendez-vous dans un quart d'heure à l'autre extrémité du village de Sagiris. Cette petite route confidentielle reste souvent quasi déserte mais elle n'est faite que de virages. Je ne peux donc pas faire autrement que de suivre les paisibles bêtes jusqu'à leur destination. « Par-dessus le marché, c'est jour de foire », me dis-je entre énervement et fatalisme. Tandis que je me demande si j'ai intérêt à me garer en bas du village pour le traverser à pied, au risque de me faire doucher, ou si je vais suivre au sec les multiples déviations qui le contournent, mon portable se met à sonner. Bonne solution pour me détendre puisque de toute façon je n'irai pas plus vite. Je décroche et me gare dans l'herbe rase mais grasse. La voix chantante de ma fille vient immédiatement éclairer cette morne journée.

— On aimerait bien venir prendre un peu l'air à la maison ce week-end, maman, on pourrait arriver dès ce soir, est-ce que tu as quelque chose de prévu ?

— Non, je n'ai rien de particulier à faire, ma chérie. Et puis tu sais bien que je suis toujours ravie de vos visites... Je vous attends... Je t'embrasse, mon cœur... Soyez prudents sur la route !

Je redémarre, heureuse. Ma fille, sans le savoir, a résolu la question de mon itinéraire puisque je suis maintenant décidée à passer par l'étal du poissonnier. Je lui indiquerai ma présence par un signe rapide, il comprendra.

Je roule, doucement bercée par les essuie-glaces qui balaient lentement le fin crachin, je rêve, je suis certaine que Bérénice et Noël vont enfin m'annoncer leur mariage. Cette précipitation pour venir me voir n'est pas dans leurs habitudes, je sentais Bérénice bien excitée au téléphone, je ne peux pas me tromper.

Au détour de la route apparaît enfin le clocher de Sagiris. Il me reste à trouver une place pour me garer, puisque ce temps de cochon n'a jamais découragé les chalands, avant d'avancer, tête en avant, d'un pas rapide, bien emmitouflée dans mon caban. De la main, j'adresse un grand bonjour au poissonnier, en sachant qu'il gardera pour les enfants les fruits de mer qu'ils aiment tant trouver à chacun de leurs séjours, puis j'arrive enfin devant le bâtiment un peu sévère de l'école, où je dois donner mes cours aujourd'hui.

Le vent poursuit maintenant les nuages dans une course effrénée. Il souffle par rafales tentant d'entraîner les vastes parasols rectangulaires auxquels s'agrippent les commerçants.

— C'est-y vot' temps, madame Binoix ? me demande le poissonnier.

— Les enfants arrivent ce soir, lui dis-je en souriant.

— Ah ! c'est la fête, alors ! s'exclame-t-il, je m'en doutais lorsque je vous ai vue passer ce matin !

Puis il sort de dessous son étal trois tourteaux magnifiques.

— Vous m'en direz des nouvelles, ajoute-t-il avec un clin d'œil.

Les animaux, prisonniers de leur poche en plastique, peuvent toujours tenter de se bouffer les pinces, je les fourre dans le coffre de ma voiture.

La nuit va bientôt tomber, en ce mois noir, lorsque je retrouve les virages, que je négocie le plus vite possible cette fois. Pourtant, je prends le temps de m'arrêter en chemin et cueille les quelques branchages mordorés qui décoreront la table. La boue me colle aux pieds, je reçois en prime la douche que me donnent les arbres trempés, peu importe, j'aime la nature même lorsqu'elle se fâche.

En arrivant dans la cour rectangulaire de l'ancienne ferme que j'habite, je contourne le puits pour prendre un peu de bois sec dans le vieux four à pain où s'empilent généreusement les bûches. J'en sélectionne une demi-douzaine que je porte une à une jusqu'à la maison où je les pose, droites, contre la pierre à évier, souvenir des temps passés. Enfin à l'abri de la pluie froide, à nouveau cinglante, je peux fermer définitivement la petite porte à deux battants en me réfugiant dans la maison dont je reçois la tiédeur comme une bénédiction.

Dans la vaste cheminée encadrée des deux seuls fauteuils de la salle à manger, le feu crépite bientôt ; mes narines se régalent de son agréable odeur et mes yeux de sa chaude lumière dansante. La comtoise qui bat lentement au cœur du salon attenant répond en écho à cette atmosphère chaleureuse et me communique son rythme lent. Douceur de vivre. Posément, je monte l'escalier hélicoïdal qui étale son large éventail de l'entrée à l'étage et me délecte de préparer les chambrettes mansardées. Les serviettes de toilette sont rapidement posées sur les lits recouverts d'un boutis très cosy, je peux redescendre à la cuisine pour faire cuire les crustacés que je dispose bientôt dans un grand plat ovale. Sur la table ronde qui offre ses largesses, au milieu de la pièce, j'ai presque fini de mettre le couvert lorsque j'entends le son caractéristique du loquet qui grince. « Cou-cou ! » chantonne ma fille sur deux notes. Je me précipite en quittant machinalement mon tablier. Ils sont là, mes amoureux, posés dans leur nid, comme un couple d'oiseaux migrateurs. Un large sourire me vient aux lèvres, j'embrasse ma petite pomme ronde et son grand blond en gardant au fond du cœur la question qui me brûle la bouche.

— Tu as fait du feu ! c'est gentil ! s'exclame Bérénice en jetant un coup d'œil par la porte vitrée qui donne sur la salle à manger.

— Je vais chercher les bagages, ajoute Noël.

Ils vont, viennent en riant, galopent dans les escaliers, montent une à une leurs valises, s'affairent comme des hirondelles de retour au printemps. Tendrement amusée, je leur demande s'ils veulent prendre un rafraîchissement, ce qu'ils acceptent volontiers. Dans l'ancien chai au toit à double pente qui est depuis longtemps devenu le salon, Bérénice, comme à son habitude, prend un coussin qu'elle enlace de ses deux bras avant de s'asseoir confortablement dans le rocking-chair anglais qui la berce tandis que Noël, en face d'elle, s'installe sur un petit canapé en toile de Jouy. Je préfère quant à moi mon fauteuil de cuir et les admire en un silence complice que Bérénice rompt pour annoncer sur un ton triomphant :

— Autant te le dire tout de suite, maman, nous allons nous marier.

Je le savais, mais cette confirmation me ravit, je lève mon verre à leurs amours et leur propose de déboucher une bouteille de champagne.

— Je vous ai adopté depuis longtemps, dis-je à mon futur gendre en l'embrassant.

— Tu nous as fait des fruits de mer, maman ? interroge Bérénice pour faire diversion.

Elle a toujours eu horreur des effusions, ma fille.

Les coquilles de crabe explosent tandis que les enfants me parlent de leurs projets en se léchant les doigts. Ils ont tout prévu, ils veulent se marier ici, à la campagne, parce qu'ils aiment ce village qui a bercé l'enfance de ma fille devenue femme ; je suis comblée.

Le lendemain, le ciel se met de la partie pour nous offrir une de ces journées lumineuses dont la région a le secret, même dans les mois habituellement les plus sombres, ce qui nous invite à déjeuner, au bord de la mer, dans une ferme auberge dont l'atmosphère à la fois marine et rustique permet ce dépaysement tellement agréable aux Parisiens. Moi-même, je m'y sens en vacances.

La fraîcheur automnale nous surprend un peu lorsque nous quittons l'auberge mais nous avons autant de soleil au-dessus de la tête qu'au fond du cœur, si bien que nous nous amusons d'un petit tour sur les rochers que la mer éclabousse. Bérénice quitte ses souliers en riant, avance jusqu'où la vague se brise, pour revenir trempée de cette eau salée qu'elle aime tant. Elle tord ses longs cheveux noirs qui ruissellent tandis que Noël se précipite dans la voiture dont il sort une serviette-éponge et un plaid. « Comme il la connaît ! me dis-je, la paix dans l'âme, il prévoit tout. »

Le dimanche matin, ma fille a rendez-vous avec son père. J'aurais aimé proposer une famille unie à mes amoureux mais nous sommes divorcés et je vais les laisser seuls annoncer leur prochain mariage à celui qui fut mon époux. Bérénice vient me montrer fièrement qu'elle n'a rien négligé dans sa toilette et que Noël n'oublie pas sa cravate ; je les trouve charmants et les laisse partir le sourire aux lèvres. Je pense avoir devant moi une journée entière pour vaquer à mes occupations et me colle derrière mon ordinateur une fois le ménage terminé, mais, dès deux heures de l'après-midi, j'entends derrière mon dos un « coucou, maman » qui sonne faux. Surprise, je me retourne, ils sont bien là, mes tourtereaux, les bras ballants, devant la porte de mon bureau. Bérénice pleure, Noël a un visage crispé que je ne lui connais pas. Que s'est-il passé ?

— Papa ne veut pas venir à notre mariage, annonce ma fille entre deux sanglots.

Terrassée, j'enregistre mes données avant de fermer posément la machine, en tentant de me donner du temps pour étouffer la colère sourde et le chagrin qui grondent en moi. J'ordonne le silence à la voix intérieure qui voudrait hurler : « Ah ! Raphaël, tu ne changeras donc jamais ! Si tu pouvais expurger ce malheur qui te gangrène le cœur, bon sang ! Comme j'en serais heureuse même si nous sommes séparés. » Mais j'avale la boule amère qui me monte à la gorge et me tais parce que j'ai deux amoureux à écouter... Ils attendent, immobiles, comme statufiés. Un silence opaque pèse sur nous, que je romps pour leur proposer un café sans oser les interroger. Dans l'escalier hélicoïdal que je descends toujours prudemment, Bérénice me prend le bras :

— Papa refuse que j'invite ta famille. Il ne veut plus jamais la revoir. Mais moi, je veux que tout le monde vienne à mon mariage.

« Mon Dieu, me dis-je, cette haine incandescente, irraisonnable et dévastatrice, va-t-elle passer encore avant la fête de l'amour ? Quand est-ce que cela s'arrêtera enfin ? Combien de dégâts va-t-elle encore causer ? » Un long soupir s'échappe malgré moi de ma poitrine. Les larmes me viennent aux yeux, que je cache en me tournant vers l'évier. Prendre un oignon dans le petit panier de pêcheur, posé à côté de moi, reste la seule solution. Je veux éviter de faire partager mes craintes et mon chagrin à mes enfants ; pourtant, tandis que je puis m'essuyer les joues sans vergogne, un film triste se met à défiler dans ma tête et me poursuit.

Marguerite

Je me revois… trente ans plus tôt, jeune fille, à Sixe, dans une autre province, dans une autre maison. D'une oreille distraite, j'écoute ma mère me donner des nouvelles de la famille tandis que ce que j'ai à dire me brûle les lèvres. Je suis là dans son aire, dans le royaume dont elle est la maîtresse toute-puissante ; elle règne et parade, me mettant mal à l'aise. Assise sur un fauteuil Régence, je tente, comme souvent, de m'évader en parcourant du regard les murs où se côtoient sur plusieurs siècles mes ancêtres. Mon arrière-grand-mère, la tête légèrement penchée dans l'ovale de son médaillon, affiche un beau sourire ; mais son mari, installé en pendant, arbore une longue barbe carrée renforçant la sévérité de sa figure oblongue. À côté d'eux, dans un joli portrait de famille, se détache un enfant qui retient un mouton par un ruban rose. Je suis en train de l'observer lorsque maman se lève. Prenant mon courage à deux mains, je la suis jusque dans la cuisine.

Là, dans un grand panier d'osier posé sous des tresses d'ail, s'offrent fruits et légumes de saison, avec cet air vivant et joyeux à la fois des marchés de Provence. Un fumet, que l'on ne trouve nulle part ailleurs dans la maison, chatouille agréablement les narines tandis que la tiédeur générale de la pièce invite à retirer son gilet. Cette ambiance me met mieux à mon aise pour exprimer les vérités que j'ai au fond du cœur. Ma mère ajuste un tablier, j'en fais autant pour lui montrer ma bonne volonté à vouloir l'aider. Il me semble, dans cet uniforme, que nous sommes plus proches : je côtoie maintenant une femme plus abordable que l'auguste maîtresse de maison qui trône au salon et j'ai le sentiment que je pourrai lui livrer mes petits secrets. Une suave odeur de cannelle, reliquat du dessert que nous avons mangé à midi, flotte encore dans l'air. Mais, si j'aime les couleurs comme les odeurs de cette pièce, l'aveu que j'ai à faire se calfeutre au fond de moi sans oser se dire. Tentant la diplomatie, je lui propose mes services. Il s'agit simplement d'arranger quelques tranches de jambon et saucisson, et autres œufs en gelée puisqu'il n'y a jamais de vrai dîner à la maison le dimanche soir. Un grand plateau, posé sur la table de la salle à manger, permettra à chacun de piocher ce qui lui plaît sans aucune des contraintes liées à la courtoisie bourgeoise. Maman me donne des ordres que j'ai du mal à exécuter parce que je ne connais pas bien son organisation.

— Arrête de jouer les mouches du coche, finit-elle par lancer, agacée.

L'atmosphère n'est pas aussi détendue que je l'aurais souhaité. Pourtant, suivant mon idée, je n'ai pas l'intention de quitter la place et m'assieds sur un tabouret haut. Ne sachant comment engager la conversation, je danse d'une fesse sur l'autre, tortille mes jambes, puis, prenant mon souffle, je me jette à l'eau et lance d'un ton hésitant :

— Je vais me marier, maman.

Surprise, elle se retourne, un sourire illumine son visage, elle semble ravie. Je sens mon dos s'arrondir, mes nerfs se relâcher, mes jambes se mettent à pendre, je m'apprête à me lever pour l'embrasser lorsqu'elle s'exclame :

— Comme je suis contente, ma chérie ! Tu ne pouvais me faire un plus grand plaisir ! Il est charmant, Pierre-Henri ! Vous formez un joli couple et je suis sûre que vous serez heureux.

Sous le choc, mes fesses retrouvent le tabouret refuge, une boule me monte à la gorge. Pierre-Henri n'est pas l'heureux élu. Il va me falloir lui dire qu'elle doit faire une croix définitive sur son gendre idéal et je ne sais comment m'y prendre. Embarrassée, je réfléchis, pensant qu'elle entendra mon silence, mais elle part dans une de ces tirades dont elle a le secret.

— Bien entendu, nous louerons le château de Courtanveau, ma chérie... Le mois de juin serait une bonne idée, ce serait très joli. Tu porteras le voile en dentelle de grand-maman, n'est-ce pas ?

Médusée, je la regarde faire et l'écoute sans piper mot, pensant pourtant qu'il me faut sortir de ce guêpier. Finalement, je lance, d'une voix enrouée :

— Je n'ai pas changé d'avis à propos de Pierre-Henri, maman, et je doute que Raphaël apprécie le voile en dentelle de grand-maman.

Elle s'arrête net, se plante en face de moi, ouvre une large bouche dont aucun mot ne sort. Le bol de mayonnaise qu'elle tient maintenant à la main menace de s'écraser sur le sol ; malgré tout, je récidive :

— Il s'appelle Raphaël, mon fiancé, maman.

— Mais, mais, mais... je... je ne le connais pas ! bégaie-t-elle.

— Pas encore, m'entends-je répondre.

Aucun mot n'étant plus échangé, je me lève et m'apprête à quitter la cuisine lorsque maman, revenue de sa surprise, me soumet ses questions les lèvres pincées. Telle la grenouille à grande bouche, elle interroge sur un ton sifflant :

— Comment l'as-tu rencontré, ce garçon ?

J'ai envie de répondre : « Ce garçon, comme vous dites, a un prénom ! » mais je choisis de garder le silence pour éviter qu'elle ne me trouve insolente et m'appuie sur le chambranle de la porte parce que je me sens épuisée.

— Et que fait-il dans la vie, ce garçon ? poursuit-elle, me sentant affaiblie.

— Il est peintre et décorateur d'intérieur, dois-je avouer d'une voix à peine audible.

— Peintre ? ! Mais comment, peintre ? Et décorateur d'intérieur ! Qu'est-ce que ça veut dire ? Ce n'est pas un métier, ça !

Pour la première fois de ma vie, je sens que je n'ai pas l'intention de lâcher prise face à elle. Je me raidis et, la fixant du regard, j'explose :

— Mon fiancé est peintre, maman, ça veut dire qu'il a des pinceaux, des toiles, des huiles, des fusains, des pastels et qu'il produit, expose et vend de très jolis tableaux. Et puis il donne des conseils pour arranger une ou plusieurs pièces dans les maisons ou appartements, voire la maison ou l'appartement tout entier. C'est un métier qui demande d'avoir fait une école dont on reçoit un diplôme ! Ça vous va ? Donc vous pouvez déjà l'appeler Raphaël puisqu'il sera mon mari et par voie de conséquence votre gendre.

Là-dessus, je tourne les talons. Furieuse, je m'apprête à franchir dignement le seuil de la porte que j'ai envie de claquer lorsque, derrière moi, j'entends un long soupir :

— Tu n'es pas gentille, ma chérie, tu me fais beaucoup de peine, je m'inquiète pour toi, c'est tout.

Attendrie, je retrouve mon tabouret refuge, pensant qu'elle va enfin m'écouter mais c'est elle qui ajoute :

— Quand je te dis que ça n'est pas un métier, je me demande simplement s'il va pouvoir te faire vivre !

Ça, je m'y attendais. Mais les considérations économiques ne revêtent pas la moindre importance à mes yeux et je voudrais qu'elle accueille mon amoureux à bras ouverts. En ce sens, mais aussi pour la rassurer, je choisis la diplomatie. Je ne veux pas l'indisposer davantage. Tentant une explication, je me cale sur mon tabouret, monte les genoux que je serre entre mes bras et m'installe en position quasi fœtale. Je réfléchis puis prends mon souffle pour dissiper ses craintes. Je n'ai pas encore ouvert la bouche que maman se campe devant moi. Debout, droite, elle me toise et me lance un regard d'un bleu métallique, elle essuie ses mains sur son tablier puis s'exclame sur un ton glacial :

— Tu ne peux pas épouser ce garçon !

Pour ne pas la braquer, je bats en retraite, la tête basse. Mais je sais que, même si je lui laisse gagner cette manche, je ne changerai pas d'avis.

Dans le salon, je retrouve papa plongé dans une vie de Jeanne d'Arc, son amour de toujours, son égérie, son inépuisable sujet d'étude.

— Très intéressant, ce livre de Marius Sepet, annonce-t-il, tu devrais le lire.

Et moi de soupirer en mon for intérieur : « Ah ! mon papa, si vous pouviez de temps en temps lire sur ma figure », mais je prends le récit qu'il me tend.

— Tu vois comme il est complet et concis, ce professeur de l'école des chartes, ajoute-t-il, regarde la table des matières.

Je feuillette en pensant à mes amours contrariées mais je ne dirai rien à papa, cela ne ferait qu'envenimer la colère de maman.

Autour de la table, avec mes frères et sœur, rien n'est dit de mon futur mariage. Nous n'échangeons que les paroles banales de l'actualité, de la météo, de Noël qui approche avec son cortège de réunions de famille. Maman m'observe d'un œil sévère. Je sais qu'elle ne négligera rien pour me faire épouser celui qu'elle veut pour gendre : elle pense pouvoir y parvenir, comme toujours. Elle ignore que mon mutisme n'est pourtant pas, pour une fois, soumission. Comme d'habitude, je baisse les yeux sur mon assiette. Jusqu'à ce jour, elle a toujours pris les biais qu'il fallait pour m'entraîner dans les méandres de sa volonté mais mon cœur bat cette fois pour un autre, qu'elle n'a pas choisi, et je veux construire ma vie avec l'homme que j'aime éperdument. « Elle changera d'avis quand elle connaîtra Raphaël », me dis-je pour me rassurer.

Cette nuit-là, je dors mal, malgré mes efforts pour calmer mon esprit. Le lendemain, je me réveille fatiguée, avale à toute vitesse un café noir et file prendre le premier train, sous prétexte d'un travail urgent à rendre le jour même.

Dans le wagon qui me ramène vers Paris, je pense retrouver mes habitudes. J'ai sorti les feuillets qui devraient me permettre de travailler pendant tout le trajet mais ils traînent bêtement sur mes genoux comme autant de complices qui m'auraient trahie. Une question vient me tarauder malgré moi. Dois-je taire à mon amoureux les réticences de ma mère ou les lui dire ? Je ne sais plus où j'en suis lorsque j'arrive à la gare.

Je me laisse avaler par la bouche de métro, enfile machinalement les couloirs, regarde défiler le tunnel noir entrecoupé de stations lumineuses puis grimpe les escaliers pour regagner le petit chez-moi que j'ai aménagé depuis peu.

À la sortie, le froid cinglant vient me rafraîchir un peu les idées ; enfin, mes minuscules pénates me rassurent complètement. Pour modestes qu'elles soient, j'en suis fière ; je n'ai qu'une chambre étroite et une petite salle de séjour, deux pièces décorées de manière assez rustique. J'ai dégoté dans des brocantes une table ronde, quatre chaises et deux fauteuils de paille, j'ai installé mes livres sur des étagères de bois montées sur des briques derrière un petit bureau. Aux murs, j'ai accroché un paysage champêtre et une grande photographie signée Doisneau, qui montre des enfants riant d'avoir tiré des sonnettes. Je me sens là vraiment chez moi et suis ravie d'avoir obtenu un poste de professeur qui me plaît et me donne la liberté de ne plus dépendre financièrement de mes parents. Je me suffis à moi-même et peux poursuivre mes études tout en payant mon loyer, ma nourriture et le reste. Cela n'est pas négligeable pour m'affirmer face à ma mère. Il faut malgré tout que je lui téléphone pour la rassurer : c'est un rituel auquel je continue de me plier, pourquoi y déroger aujourd'hui ?

— Tu me fais beaucoup de peine, affirme-t-elle encore, au bout du fil.

Je raccroche en grognant à voix haute :

— Et moi, alors, je n'en ai pas, de la peine, peut-être ? Qu'est-ce qu'elle croit ? J'aimerais tant qu'elle me comprenne...

Une heure plus tard, la bibliothèque de la Sorbonne m'offre son atmosphère studieuse. Les étudiants travaillent en silence sous les longues rampes électriques allumées au-dessus de non moins longues tables. Certains prennent des notes tandis que d'autres lisent, la tête entre les mains. À pas feutrés, je vais me pencher au guichet pour demander, dans un murmure, les ouvrages dont j'ai noté les références puis je me plonge dans les métaphores mallarméennes. En fin d'après-midi, j'avale en hâte un chausson aux pommes, dépose mes notes à la maison et file dans un magasin de mon quartier pour choisir méticuleusement de quoi régaler mon fiancé.

Derrière mon petit réchaud, je m'applique à préparer l'un des rares plats dont je connaisse bien la recette : bientôt, l'agréable odeur du lapin à la moutarde emplit mon appartement. Tout à coup, la sonnette retentit. Avant d'ouvrir, je me lave soigneusement les mains, jette un regard furtif à mon miroir, arrange une mèche rebelle et traverse l'entrée le cœur battant.

Raphaël

Il est là qui attend sur le palier, je me précipiterais bien dans ses bras mais il met un genou en terre et me baise la main.

— Avec tout le respect que je dois à ma princesse, murmure-t-il en souriant.

Puis il prend l'énorme bouquet de fleurs qu'il avait posé près de lui et me le tend. Émerveillée, j'y découvre une enveloppe avec un petit mot que je m'empresse de lire : « On épuise son corps, on n'épuise pas son cœur, c'est pour cela que je puise au tien, ma belle, pour assouvir ma soif de chaque instant. Un millier de baisers en ribambelle. Raphaël. » Devant ma porte grande ouverte, je l'embrasse. Il lui est grand ouvert, ce cœur que je lui donne sans précaution avec mes rêves, mon enthousiasme et la candeur de mes vingt et un printemps. Il me semble qu'en échange il me propose sa maturité. Avec ses quelque dix ans de plus que moi, il affiche une forte toison déjà poivre et sel qui se termine – et cette extravagance m'amuse – par d'énormes rouflaquettes. Son visage un peu ridé et sa petite carrure n'offrent rien de la silhouette d'un jeune premier mais il sait à mes yeux « réconcilier les contraires inconciliables », selon une expression qu'il a pêchée je ne sais où. Parfois, l'invention d'un mot tendre lui vient aux lèvres, ainsi m'appelle-t-il « ma belle pampledouce ». À peine a-t-il franchi le seuil de mon appartement qu'il demande :

— Tu as passé un bon week-end, ma belle pampledouce ?

J'hésite à répondre, soupire, puis je plonge un regard attristé dans le sien. Ce silence lui rend mon âme transparente.

— Tes parents ne sont pas ravis de leur futur gendre, si je comprends bien, affirme-t-il d'un ton suave.

J'avoue les réticences de maman en l'invitant à passer dans la salle de séjour.

— Pourquoi ne parles-tu que de ta mère ? interroge-t-il. Et ton père, alors ?

— Je n'ai rien dit à papa, cela aurait fâché maman davantage encore.

— Je vois, répond-il, pincé, c'est le matriarcat, chez toi !

Il n'a pas tout à fait tort mais sa remarque me déchire le cœur. Mes lèvres se mettent à trembler et je sens mes yeux s'embuer.

— Mais je l'aime, ma mère, ne puis-je m'empêcher de murmurer, et je voudrais que vous vous entendiez bien.

Immédiatement, il me tend les bras puis m'installe sur ses genoux. Abandonnant l'épineux sujet, il chantonne :

— Avec ma gueule de métèque, de juif errant, de pâtre grec et mes cheveux aux quatre vents, avec mes yeux tout délavés qui ont toujours l'air de rêver et qui ne rêvent plus souvent... je viendrai, ma douce captive, je viendrai boire tes vingt ans.

« Comment maman ne serait-elle pas séduite par le futur gendre qui manifeste sa tendresse en chansons », me dis-je. Il me vient à l'idée qu'elle doit griller d'impatience de le connaître.

— Tout s'arrangera dès que je t'aurai présenté à ma famille, affirmé-je, rassérénée.

Quinze jours plus tard, c'est en voiture que j'effectue le trajet qui nous mène à Sixe. Raphaël a allumé la radio de son coupé 205 et file à toute allure. Il s'amuse d'entendre chanter Adamo : « Vous permettez, monsieur, que j'emprunte votre fiiiille, et bien qu'il me souriiie, moi je sens bien qu'il se méfiiie… »

Lorsque nous arrivons, maman affiche un sourire de bon aloi qui me fait plaisir et m'apaise. Alors qu'elle nous invite à passer au salon pour prendre l'apéritif, je m'aperçois, avec plaisir, qu'elle a débouché une bouteille de champagne. Pourtant, m'étonnant de ce que mes frères et ma sœur soient absents, je demande à ma mère :

— Mais où sont donc passés Yolaine, Gaétan et Thibaud ?

— Ils sont partis faire une randonnée à cheval tout le week-end, répond-elle sur un ton sec.

« Elle a voulu que la présentation de mon fiancé reste pour l'instant confidentielle », me dis-je. Cela n'augure, à mes yeux, rien de bon. À ce signe, je pense qu'elle est toujours décidée à me faire changer d'avis mais la table de la salle à manger me réconforte. L'argenterie des grands jours est sortie, avec les jolis verres en baccarat disposés sur une nappe brodée : maman a mis les petits plats dans les grands, ce qui témoigne quand même un peu d'un désir de donner un caractère officiel à la rencontre. Elle se montre chaleureuse, curieuse sans exagération, manifestement intéressée par l'homme qu'elle désire connaître plus avant. Au fil du déjeuner, je me détends parce que papa et maman écoutent gravement Raphaël qui raconte ses projets, ses toiles, ses expositions, ses galeries, les maisons qu'il décore. Il parle de ses clients comme d'amis très chers, « des alliés qui savent me jouer un accord sur un *piano à ailes* », selon ses termes. J'ai l'impression que mes parents sont convaincus de la valeur de mon amoureux et je me sens devenir duveteuse, enveloppée d'un nuage rose, quand nous passons au salon où est servi le café. Raphaël se cale alors confortablement dans un fauteuil qu'il fait légèrement craquer puis, sans rien demander à personne, allume un petit cigare. Un ange passe, maman me jette un regard glacial. Mes yeux suppliants se tournent vers mon fiancé ; d'un doigt, je lui fais discrètement signe d'arrêter cette fumée qui empeste mais, tranquillement, il croise les jambes et affirme, en soufflant la fumée puante :

— Je déteste les bourgeois et leur côté conventionnel. Ce que j'aime chez Marguerite, d'ailleurs, c'est son anticonformisme, preuve de son ouverture d'esprit et de la souplesse de son caractère. J'ai déjà pu lui apprendre beaucoup de choses en matière artistique. Un artiste ne saurait regarder la vie avec un rétroviseur, voyez-vous. La création, l'imaginaire, c'est se projeter dans l'avenir et refuser délibérément les vieilleries du passé.

Puis il part dans un long discours, comme quoi l'humanité ne saurait évoluer sans les « esprits créatifs », comme il dit.

— La vie progresse par les extrêmes et s'écoule par les moyens, conclut-il, satisfait, en se resservant lui-même une tasse de café dans laquelle il trempe un sucre qu'il avale à grand bruit, pendant que je m'enfonce de plus en plus dans mon fauteuil.

Dans le silence qu'on lui oppose, Raphaël ne baisse pas les armes et semble décidé à monopoliser la conversation, jusqu'au moment où il annonce, avec une suavité déconcertante :

— N'était-il pas convenu que je te ramènerais de bonne heure chez toi ce soir, ma belle pampledouce ? Tu as beaucoup de travail en ce moment.

Je ne puis qu'acquiescer.

Sur le pas de la porte, les au revoir sont courtois mais froids. Je sens maman particulièrement tendue. Elle propose que j'aille avec elle choisir à la cuisine quelque nourriture que j'emporterai et je devine qu'elle voudrait que nous puissions parler un moment seule à seule mais Raphaël, planté à côté de moi comme un chien de garde, ne m'en laisse pas le loisir.

— Ne vous inquiétez pas, dit-il, elle mangera bien, je veille sur elle, maintenant.

De la rue, je vois la main de maman s'agiter tristement à la fenêtre et ce geste m'afflige tandis que Raphaël jubile. Montant en voiture, il envoie sur un ton triomphant :

— Je t'arracherai aux griffes de ta mère, ma chérie, à nous la liberté.

Ne sachant comment m'exprimer, je pleure. Raphaël me rassure.

— Je suis honnête et ne sais pas tricher, affirme-t-il en me caressant le genou. Je comprends combien tu peux aimer tes parents. Je me fais un devoir de les aimer aussi. Il te faudra pourtant devenir une femme, apprendre que les formes ne sont jamais qu'apparences. La sincérité compte avant tout le reste. Tu le sais, ma chérie, et c'est pourquoi je t'aime.

J'écoute en silence et les larmes ruissellent sur mes joues. Qu'est-ce que ça veut dire, tout ça ? Nous passons notre temps à conjuguer le verbe aimer mais tout le monde souffre. Il va falloir mettre un peu de respect mutuel dans tout ça, allez, un peu d'huile dans les rouages et tout ira bien, me dis-je avec mon habituel optimisme. Nous en reparlerons.

Dans les semaines qui suivent, je ne reprends pourtant pas la discussion… Raphaël veut s'unir à moi le plus rapidement possible, au motif qu'il a plus de trente ans et que le temps presse. Je me sens dépassée par le tourbillon des préparatifs du mariage.

Il faut choisir une date et un lieu, faire les nécessaires démarches administratives, rencontrer le prêtre qui recevra nos consentements, dresser la liste de nos invités, trouver un traiteur et une salle de réception, toutes choses dont il ne veut laisser aucun soin à nos parents.

— Tu comprends, princesse, répète-t-il inlassablement, j'ai une forte personnalité et je ne supporte pas que l'on me dicte ma conduite.

Ma belle pampledouce

À ce rythme, je ne vois pas passer le mois de janvier que déjà me voici en plein essayage dans le salon de Sixe. Sur mes épaules flotte un grand manteau de cour qui part en traîne, la couturière l'ajuste avec des épingles tandis que maman s'énerve :

— Elle tombe mal, cette robe, elle est mal coupée, tu as l'air d'un portemanteau là-dedans, ma pauvre fille.

Il est vrai que je n'aurais pas choisi ce modèle eu égard à la finesse de mon squelette mais Raphaël me voulait « un air de reine », comme il dit. Et puis sa sœur Bernadette, couturière, taille toutes les robes de mariée dans sa famille, alors, pour ne blesser personne, j'ai accepté que ma future belle-sœur taille ma robe selon le modèle dessiné par son frère.

— Et ton voile ? interroge maintenant maman, où est ton voile ? Il doit dépasser de la traîne d'au moins un mètre.

— Raphaël trouve que c'est un peu ringard, le voile, maman, je nouerai mes cheveux de deux longs rubans blancs, ce sera bien plus joli.

— Mais il t'habille comme une poupée, ma parole ! tonne-t-elle.

La colère à peine contenue de maman finit par me convaincre « de son autoritarisme et de son conformisme horripilants », comme le dit Raphaël. Elle tourne autour de moi comme une abeille qui ne trouve pas son pollen. Je rappelle qu'il faudrait maintenant se dépêcher parce que je dois partir par le train de dix-huit heures et que la demie de seize heures a déjà sonné. Donnant congé à la couturière, maman propose de m'accompagner à la gare, ce que je ne peux refuser. Je boucle ma valise avec le sentiment confus que je me prépare à recevoir un long sermon et la retrouve dans l'entrée.

— Il faut que je te parle, ma chérie, annonce-t-elle sur le trajet que nous faisons à pied.

Je m'attends au pire. Elle va m'expliquer, une fois de plus, que je ne peux pas épouser ce garçon. Fine mouche, elle commence par évoquer les difficultés inhérentes à la vie de couple, alors que, longeant le trottoir à côté d'elle, je porte ma valise et souffle en exhalant un minuscule nuage blanc, signe d'un froid particulièrement vif.

La vue du train, déjà en gare lorsque nous arrivons sur le quai, me soulage d'un sermon qui aurait pu durer encore longtemps.

— Est-ce que tu te rends compte ?... Ce garçon est quand même un peu agressif, finit-elle par avancer prudemment.

— Agressif, lui ? Non mais, vous rigolez, maman ! D'abord, j'aimerais bien que vous l'appeliez par son prénom et puis c'est vous qui nous agressez en refusant nos projets.

— Si j'étais certaine qu'il s'agisse bien de vos projets, je me ferais moins de souci, affirme-t-elle. Mais je pense qu'il te fait avaler n'importe quoi et que vos projets, comme tu dis, ne sont en réalité que les siens.

Je l'embrasse et saute dans le wagon. Un au revoir de la main par la portière et je roule vers la capitale.

Le front collé à la vitre, je médite. Il va falloir que j'aie une explication avec Raphaël, qui prépare notre mariage en me mettant sans cesse devant le fait accompli. « Notre » mariage n'est-il pas d'abord « son » mariage ? Et je voudrais bien savoir finalement s'il me « prend » pour femme ou s'il m'épouse. La nuance est suffisamment importante pour que je renonce à lui bien que je l'aime éperdument.

À ma grande surprise, lorsque j'arrive à la gare, j'aperçois ses deux bras qui s'élèvent au-dessus du groupe de personnes piétinant à la tête du train comme des fourmis sur un morceau de sucre. Heureuse et surprise, je vois venir à moi mon fiancé et hâte le pas pour le rejoindre. Attrapant mon bagage, il propose :

— Si nous prenions un pot à la brasserie ?

Assise face à lui dans l'habituel brouhaha des cafés, je lui trouve l'air fatigué, presque anxieux. Il passe sans arrêt sa main dans ses cheveux, tortille ses rouflaquettes et, fuyant mon regard, observe deux amoureux à la table d'à côté, qui s'embrassent sans retenue. Je le sens gêné, presque honteux. Silencieux, il allume une gitane, tapote nerveusement la table en attendant le garçon, claque dans ses doigts pour le faire venir plus vite alors que rien ne presse. Il ne m'interroge ni sur mon séjour chez mes parents ni sur mes essayages et semble particulièrement préoccupé. Je lui souris tendrement en caressant le bras qu'il a posé sur la table, lorsque m'arrive en pleine figure la plus inattendue des remontrances :

— La liste de cadeaux de mariage que tu as déposée est beaucoup trop chère. Tu n'y as rien mis que ma famille pourrait vouloir nous offrir. Inès propose aimablement de la refaire avec toi... si tu le veux bien.

Le ciel me tombe sur la tête.

— J'ai pourtant pris bien soin d'aller dresser ladite liste avec ta mère puisque tu ne voulais pas, selon tes termes, mettre les pieds dans les magasins « pour des histoires de casseroles et de bricoles », réponds-je en le fusillant du regard.

Puis j'ajoute en persiflant :

— Il t'en reste encore beaucoup, des sœurs, pour décider à notre place ?

— Tu ne vas pas me faire une scène pour une peccadille, quand même ! réplique-t-il en écrasant son mégot dans le cendrier.

Je m'interroge : « Est-ce que c'est toujours aussi compliqué, de se marier ? » Puis, tandis que Raphaël plonge les lèvres dans la mousse de sa bière, je joue machinalement avec ma bague de fiançailles.

— Jette-la ! s'écrie-t-il sur un ton sec.

Il m'adresse un long regard attristé, des larmes se mettent à couler sur ses joues. Du coup, j'ai envie de m'asseoir sur ses genoux alors même que tourne dans ma tête sa phrase favorite : « Ce qui me plaît et me fait prendre conscience que je vis, c'est tout et rien, de la babiole au diamant à odeur de sourire. » Ces babioles, comme il dit, n'ont au contraire à mes yeux aucune importance. « J'ai bien tort de m'énerver », me dis-je en lui adressant le sourire qu'il attend. Raphaël me tient alors un de ses discours dont il a le secret :

— Tu ne comprends pas, ma belle pampledouce, je m'en fous, après tout, de ces conneries, explique-t-il en se noyant dans ses paradoxes. Mais ce respect des autres qui t'est si précieux se construit sur des anecdotes, moi j'ai bien saisi ce que voulait me dire Inès et je ne veux humilier personne, ça coûte cher, tu sais, les cadeaux, les toilettes et les kilomètres. Tu as toujours vécu dans l'aisance mais ça n'est pas le cas de tout le monde. Est-ce que tu crois vraiment que changer la liste de mariage vaut la peine que tu te mettes en colère ?

« Allez, me dis-je, il a raison, ces vétilles ne valent assurément pas une dispute. On ne va pas se chamailler une fois de plus. »

Je promets de retourner au grand magasin, j'ajouterai les torchons, les pompons, les chiffons bon marché qui feront plaisir à ma future belle-famille. Soulagé, il m'embrasse par-dessus la table, me suggère doucement de finir mon verre puis prend ma valise ; il me ramène chez moi.

Ma fiancée

À la fin de la même semaine, je suis, pour la première fois, dans l'étroite cuisine de Raphaël, émue d'être dans cet appartement qui deviendra « chez nous » très bientôt. Heureuse qu'ils se rencontrent enfin, je prépare, pour nos parents, les petits fagots de légumes qui accompagneront le salmis de palombe. Je m'applique pour qu'ils ressemblent exactement à la jolie photographie que j'ai sous les yeux. L'apéritif est prêt, le couvert joliment mis, j'en ai encore pour cinq minutes, ils peuvent arriver. Je rejoins Raphaël qui lit son journal au salon, en se berçant dans son hamac, quand retentit la sonnette. La silhouette de maman s'encadre dans la porte, plus raide qu'une armée entière au garde-à-vous. Papa, derrière elle, m'adresse un petit clin d'œil complice. Raphaël leur propose de s'installer dans les gros poufs mous qui lui servent de fauteuil. Papa s'incline, maman hésite, tire sur sa jupe et me jette un regard réprobateur. L'autre coup de sonnette indique l'arrivée de mes beaux-parents. La scène se reproduit curieusement à l'inverse : c'est mon futur beau-père qui a l'air d'avoir avalé un sabre tandis que son épouse, tout sourires, m'embrasse avec chaleur.

Mes parents se sont relevés avec peine mais, semblant très à son aise, mon fiancé fait les présentations.

— Champagne pour l'apéritif ! annonce-t-il enfin d'un air cérémonieux, asseyez-vous, je vous en prie.

Je vais chercher les petits canapés que j'ai préparés avec soin et reviens, tel un garçon de café, avec, sur chaque main, un plat que je pose sur la moquette tête-de-nègre, puisqu'il n'y a pas de table. Raphaël passe les flûtes et ouvre une bouteille de dom pérignon pendant que maman, dont les yeux font le tour de la pièce, pince les lèvres. Elle regarde fixement les murs peints de couleurs ondulant comme des vagues de sable, reprises par les doubles rideaux où l'ocre jaune se mêle au noir. Installée au milieu de son pouf, les genoux sous le menton et le dos droit, elle tient la tête haute et affecte un silence entendu. Mon futur beau-père, après avoir arpenté méthodiquement les lieux, finit malgré tout par s'asseoir lui aussi à l'opposé, sur la marche du faux plancher qui concrétise le salon. Posé sur une fesse, il relève le pli de son pantalon avec ostentation et soupire. Veut-il laisser à ma disposition le dernier pouf ou montrer sa désapprobation quant à l'absence totale de meubles dans cet espace ? Je ne sais. Mais il se voit, ainsi, dans l'obligation de se dévisser le cou pour être, malgré tout, parmi nous. Papa s'est calé au bord de son siège mouvant, le genou droit plié derrière la jambe gauche. Tel un roi sur son trône, il parle à ma future belle-mère nichée dans son pouf.

— C'est toujours émouvant de voir des jeunes fonder leur propre famille, dit-il en rompant le silence qui commençait à devenir pesant.

« Cher papa ! comme vous savez détendre l'atmosphère ! » ne puis-je m'empêcher de penser, en passant les amuse-gueules. Pourtant, je sens les larmes me venir aux yeux pendant que Raphaël, qui ne se laisse jamais décontenancer, lève son verre et propose que nous portions un toast... à nos amours ! Puis il sort de sa poche un petit papier qu'il a préparé, le déplie en me prenant par l'épaule et lit :

« Ma fiancée,
Elle sait, par heureux caractère,
Être gentille et jamais ne déplaire,
Son âme est belle et gorgée d'innocence.
Sa vie à venir, généreuse en conscience,
Elle me la donne sans tapage ni outrance,
Et par ces mots, j'affirme ma confiance. »

Enfin, il annonce triomphalement :

— Cette fête aujourd'hui n'est, vous le savez, que le prélude de celle de notre mariage à cette grande date que sera le samedi 17 avril 1971, à Raboté.

— Quelle idée d'avoir décidé de vous marier à Raboté ! s'exclame son père. La maison est grande mais à deux cents kilomètres d'ici, vous nous compliquez la vie, mes pauvres enfants !

— Tout à fait, ajoute maman sur un ton pointu, vous auriez dû nous demander notre avis et choisir Sixe : c'est chez la jeune fille que l'on se marie... d'habitude !

— L'habitude, ça n'est justement pas mon affaire, rétorque immédiatement Raphaël. Et puis, Marguerite préfère une noce campagnarde plutôt qu'un mariage de bourgeois de préfecture, n'est-ce pas, ma chérie ?

De la tête, je fais signe que j'acquiesce mais je me demande pourquoi il me fait endosser ainsi la responsabilité d'un choix qu'il m'a lui-même imposé.

— Si nous passions à table ? dis-je d'une voix faussement enjouée pour me donner une contenance.

— C'est ça, passons à table, affirme Raphaël en indiquant le chemin de la pièce à côté.

La vaisselle blanche liserée de rouge, posée sur une nappe à carreaux assortie, masque mal les tréteaux sur lesquels repose la planche qui sert de table rectangulaire. Je feins de ne pas voir le rictus de maman qui les observe fixement mais Raphaël, à qui n'échappe pas le manège, lance à la cantonade :

— Chez moi, on ne vit pas avec un rétroviseur, voyez-vous. J'ai banni les meubles de la maison et je conçois l'aménagement intérieur comme une sculpture en creux dans laquelle on se sent bien. Ainsi peut-on moduler les espaces. La salle à manger devient un bureau quand on le souhaite et puis l'on peut aussi éventuellement agrandir la chambre à coucher en faisant coulisser ces volets-là.

Joignant le geste à la parole, il dévoile un grand matelas posé à même le sol, tandis que le regard horrifié de maman rejoint le mien. Très mal à mon aise, je regagne le bout de la table, en face de mon fiancé.

— Vous avez de bonnes idées en matière d'aménagement intérieur, mon cher Raphaël, affirme papa, rompant à nouveau un silence cette fois glacial, je suis sûr que vous saurez les faire évoluer lorsque votre famille s'agrandira.

Le visage de Raphaël et celui de sa mère se détendent, tandis que sur celui de son père et de maman un masque se fige, lequel n'est pas démenti par la raideur de leur nuque.

Bientôt, l'on n'entend plus que le tintement des fourchettes dans les assiettes. Le salmis de palombe que j'ai préparé avec tant d'amour et de soin me paraît écœurant, j'ai hâte que tout cela soit terminé. Mon regard se réfugie éperdument tantôt dans les yeux de papa, tantôt dans ceux de mon fiancé, comme pour fuir, à tout prix, l'extrême tension qui vient de ma droite. Mon futur beau-père et maman, plantés là tels des piquets mis côte à côte et tendus comme des cordes d'arcs prêtes à décocher leurs flèches, piochent dans leur assiette sans mot dire. Face à eux, papa et ma belle-mère tentent par leur sourire de détendre un peu l'atmosphère, en vain.

Au dessert, Raphaël, imperturbable, m'assied sur ses genoux.

— Les formes chez moi, vous le savez, ne sont pas une habitude, indique-t-il à l'adresse de ses parents, mais voilà celle qui saura, j'en suis sûr, apaiser vos tourments.

— Pourvu que vous ne deveniez pas le sien ! siffle maman entre ses dents.

Un ange passe, mon sang se glace, mon corps se tasse, j'attends la réplique de Raphaël, elle ne vient pas, il me regarde avec un sourire entendu : « Tu vois bien qu'elle est odieuse. » Il plante sur ma joue un baiser sonore puis, avec un brin de fanfaronnade, débouche complaisamment une autre bouteille de champagne.

— Je suis sûr que par elle ma vie à venir sera belle, affirme-t-il à l'adresse de tous en choquant son verre contre le mien.

Puis il va vers maman, l'embrasse et trinque avec elle.

— Sans rancune, lui lance-t-il.

Maman, gênée, se tortille sur sa chaise, tandis que mon fiancé affiche maintenant son programme haut et clair.

— J'ai rencontré mon vieil ami le père Albert, qui recevra, vous le savez, nos consentements. Je lui ai dit quel genre de cérémonie je voulais et il m'a demandé de venir le voir, avec Marguerite, mercredi prochain à quatorze heures.

J'enregistre le rendez-vous dont je n'avais pas connaissance, pendant que Raphaël poursuit :

— J'ai prévu que mes amis de la fanfare nous attendraient à la sortie de l'église et accompagneraient le cortège en musique, à travers le village, jusqu'au château de la Pigeonnière, où ils animeront la réception. De cette manière, ce sera la fête pour tout le monde. Cela vous va, n'est-ce pas ?

— Bien entendu, acquiescent d'un côté papa et ma future belle-mère, tandis que de l'autre, maman et mon futur beau-père expriment leur désapprobation en crispant les mâchoires.

« Il décide seul de tout comme s'il se mariait avec lui-même, comme si je n'étais qu'un jouet », me dis-je, songeuse, et je sens monter en moi une infinie tristesse mêlée de colère sourde. Mais je décide, pour l'instant, de faire contre mauvaise fortune bon cœur afin de laisser croire à nos parents que nous avons pris nos décisions ensemble.

— Bien, ajoute maintenant mon fiancé, satisfait, je propose que nous repassions au salon pour prendre une tasse de café.

— C'est que… nous avons encore… beaucoup de route à faire, hésite maman, il serait bon que nous ne nous attardions pas trop.

— Je comprends ça, chère belle-maman, affirme Raphaël. Vous permettez que je vous appelle belle-maman dès maintenant, n'est-ce pas ?

Maman, une fois de plus, encaisse et se tait. Il est convenu que, dans la famille, ses gendre et brus l'appellent « mère ». Elle sait que Raphaël s'amuse de ce petit nom qu'il trouve ridicule et elle me regarde, désemparée. À la voir, il me semble soudain qu'elle a pris, pendant le repas, dix ans de plus et qu'elle n'a qu'une hâte, partir au plus vite.

Papa et maman prennent en effet bientôt congé, suivis de près par mes futurs beaux-parents. À peine la porte est-elle refermée que Raphaël s'exclame :

— Tu as vu comme elle est agressive, ta mère !

Je me sens pâlir. J'aime ma mère, je suis éperdument amoureuse de Raphaël et cette haine que je sens grandir entre eux finit par me rendre malade. Remettant une fois encore à plus tard ce qui pourtant me brûle les lèvres, je me ronge les sangs en silence.

Ma femme

Dès le vendredi 16 avril, ils sont là, les amis de la fanfare, qui claironnent devant la maison de Raboté. Ma future belle-mère a gentiment invité à dîner ma famille proche et nos témoins, afin qu'ils soient frais et dispos pour notre mariage le lendemain, mariage civil à dix heures et religieux à seize, comme cela est prévu. Elle a pris tout l'espace dans la grande salle à manger qui jouxte le salon de sa demeure, a décoré un abondant buffet dressé le long d'un mur et dont les couleurs vives éclatent sur une nappe blanche. Deux grandes tables ovales accueillent ses invités selon leurs affinités. Raphaël est assis à côté de moi, entre nos parents. Ses frère et sœurs : Jeannine, Bernadette, Jean-Pierre et Inès à l'autre bout, chuchotent avec leurs conjoints. J'entends le rire sonore de mes témoins, qui s'amusent avec ma propre fratrie à la table à côté, quand retentit un long coup de trompette, comme un clairon qui sonnerait le réveil dans une caserne.

— Excusez-moi, prévient Raphaël en posant sa serviette, il va falloir que je vous quitte.

— Et pourquoi ? demande son père.

— Eh bien, parce que je vais enterrer ma vie de garçon avec mes amis, rétorque-t-il, comme si la chose était entendue.

Il se lève et nous plante là non sans avoir déposé sur mon front un baiser qu'il veut tendre. À peine son fils a-t-il tourné les talons que mon beau-père me lance, sur un ton sec :

— Permettez-moi de vous dire, ma chère Marguerite, que je trouve ridicule cette idée de fanfare.

Sans doute ignore-t-il que, quand bien même aurais-je été au courant, je n'aurais rien pu faire pour en dissuader Raphaël. Je ne sais si le père et le fils en ont parlé, mais je me sens à la fois humiliée et trahie. Des larmes sourdent sous mes paupières et je bats des cils pour qu'elles n'apparaissent pas, tandis que je vois se dessiner sur la bouche de l'opulente Inès un sourire arrogant. Elle pousse du coude son mari barbu qui la couve de sa haute silhouette et tous deux hochent la tête d'un air entendu. Détournant le regard, je croise celui de maman, attristé.

À peine mon assiette est-elle vide que je prétexte vouloir être en pleine forme le lendemain pour prendre congé.

— Veux-tu que je t'accompagne ? demande maman en posant sa serviette.

Je refuse sa proposition en l'embrassant :

— Non, merci, vous savez bien que j'ai toujours aimé me promener au clair de lune.

Rapidement, je salue les autres convives d'un petit signe de la main et regagne le perron. Le bruit de la porte qui claque derrière moi me soulage. La solitude autant que l'air de la nuit me permettent de laisser échapper les sanglots qui m'étouffaient et pourtant, une angoisse indicible m'étreint encore le cœur. Puis c'est la colère qui me submerge.

« Cette fois, il ne me fera pas croire qu'il a voulu me réserver une bonne surprise, me dis-je, furieuse. Je ne veux pas passer ma vie à suivre malgré moi ses caprices ! Je ne veux plus l'épouser ! Comment faire, maintenant ? Et comment le lui dire ? Je ne sais pas. Je verrai ça demain. » Séchant mes larmes, je regagne la chambre que l'on m'a attribuée chez des amis de ma belle-famille. Je parcours d'un pas rapide les trois cents mètres qui me séparent de leur villa en longeant le trottoir sous des lampadaires qui l'éclairent à peine. En arrivant chez eux, j'adresse un sourire que je veux le plus large possible à la maîtresse de maison qui m'attend puis, prétextant cette fois une grande lassitude, je monte me coucher. Pourtant, cette nuit-là, je ne dors pas.

Le lendemain matin, je saute dans mes vêtements, passe à la va-vite un peigne dans mes cheveux mi-longs que je ne coiffe pas. Au motif de ma légitime émotion, je refuse le petit-déjeuner que l'on me propose et m'empresse au plus tôt de chercher Raphaël. Les explications ne peuvent plus attendre.

Je le trouve dans le verger de ses parents, situé au fond du jardin en terrasses. Il est appuyé contre un mur et rend à la treille les excès dont son foie trop chargé se libère. Il me regarde d'un œil glauque et, sans m'avoir dit d'autre mot, lance entre deux vomissements :

— T'es moche !

Le corps tremblant et le visage en larmes, je réplique malgré tout :

— C'est ça ! Je suis moche ! Et toi, tu as l'air d'un poivrot parvenu au dernier stade de l'éthylisme ! Nous n'allons donc pas nous marier aujourd'hui ! Je vais de ce pas prévenir nos invités les plus proches !

En le voyant soudain se redresser et poser sur moi un regard médusé, il me semble lui avoir administré la douche glaciale qui dégrise :

— Tu ne peux pas me faire ça ! s'exclame-t-il.

— Pourtant, je ne vois pas d'autre solution, dois-je avouer, le cœur serré.

Il éclate en sanglots et me prend dans ses bras, je sens ses larmes couler sur mes joues et se mêler aux miennes, je sens mon corps s'écrouler et mon cœur éclater en mille miettes.

— Ma chérie, mais tu es ma femme, tu es une part de moi-même, tu es ma vie, murmure-t-il en me léchant le cou.

Un sursaut de révolte m'empoigne, je réponds en hoquetant :

— Je ne suis pas encore ta femme et il semble que ce soient tes amis de la fanfare qui l'occupent, ta vie.

Raphaël me berce alors en silence dans ses bras forts, il me caresse les cheveux, m'embrasse tendrement ; je le laisse faire.

— Tu as raison... j'ai été trop loin souffle-t-il, je n'aurais pas dû... mais ils m'ont piégé, je leur avais donné rendez-vous... beaucoup plus tard.

— En secret alors, lui dis-je en me raidissant.

— Mais non ! s'exclame-t-il sur le ton de la plus parfaite sincérité, tu sais bien que c'est la tradition, d'enterrer sa vie de garçon !

Me voilà prise au dépourvu. Ça ne se pratique ni dans ma famille ni chez mes amis. Désemparée, je le regarde, ne sachant plus que penser.

— Je te jure que je ne recommencerai plus jamais, promet-il en levant un bras qu'il pose ensuite sur mon épaule.

Une larme glisse encore sur sa joue, il me lance un long regard attristé en pinçant les lèvres dans une moue de bébé triste puis se mouche... il ferait pleurer une pierre.

Interrompant notre dialogue, Jeannine, habillée comme souvent d'une tunique chinoise aux couleurs chatoyantes, vient m'avertir que la coiffeuse m'attend et annonce par la même occasion que monsieur le maire, retenu par une importante occupation de dernière urgence, a fait savoir qu'il se voit dans l'obligation de repousser notre mariage civil à l'après-midi, juste avant la cérémonie religieuse.

— Merci de nous prévenir, lui lance Raphaël qui a retrouvé son clin d'œil malicieux.

Me prenant par le bras, Jeannine m'invite alors gentiment, mais fermement, à la suivre sans plus attendre.

— Va te faire belle, ma princesse, reine de ce jour, s'écrie Raphaël tandis que je ne puis que suivre sa sœur aînée.

Me conduisant à son pas, comme toujours sec et rapide, elle me fait entrer directement dans la cuisine où s'affairent des hommes en toque blanche, traverser l'entrée puis me conduit, directement par l'escalier, vers une salle de bains où m'attend une petite femme boulotte qu'elle me présente comme étant la coiffeuse. Apparemment décidée à rester pendant toute la séance, elle se plante face à moi, debout, les bras croisés, alors que l'on me fait asseoir sur un tabouret installé face à la fenêtre. Aucun miroir ne me permet de voir l'ouvrage que l'on bâtit sur ma tête mais je sens rapidement que l'on me crêpe les cheveux, et je déteste ça.

— Je veux quelque chose de très naturel, dis-je avec insistance. Juste deux grandes mèches relevées en arrière et nouées avec un ruban.

— Il faut pourtant bien que ta coiffure tienne toute la journée ! rétorque Jeannine. Allons, sois confiante et ne fais pas l'enfant.

En silence, malgré mon inquiétude, je laisse la coiffeuse tourner autour de ma tête. Elle finit par se planter en face de moi, tout sourires, et me tend un face-à-main. Je trouve abominable la maudite brioche qu'elle m'a mise sur le crâne mais je me tais encore puisque Jeannine, également tout sourires, la félicite et la raccompagne.

À peine ont-elles tourné les talons que je me précipite vers l'unique glace suspendue au-dessus du lavabo et aplatis tant que je peux l'horrible choucroute en fulminant contre ma future belle-sœur, lorsque apparaît maman dont l'ensemble rose tendre tranche avec la tristesse de son visage.

— Mais qu'est-ce que tu fais ? interroge-t-elle, interloquée.

— J'arrange un peu tout ça, m'entends-je répondre sur un ton que je veux dégagé.

— Allons, allons, ma chérie, je vois bien que quelque chose ne va pas.

Des larmes involontaires coulent sur mes joues que j'essuie d'un revers de manche en reniflant.

— Tu n'es pas encore mariée, me dit maman tendrement, il est encore temps de renoncer.

À peine a-t-elle fini sa phrase qu'apparaît Raphaël. Il a déjà revêtu son costume de velours vert bouteille assorti aux robes de nos demoiselles d'honneur. Sur sa chemise blanche, une cravate fleurie aux teintes pastel, seul détail qu'il m'ait laissé choisir avec lui. Longuement il me baise la main et soupire. Sans doute a-t-il entendu quelque chose de la phrase de maman puisque ses yeux mouillés me jettent un regard suppliant.

— Je vais t'aider à t'habiller maintenant, me dit maman, faisant semblant de ne pas le voir. Tu n'en auras pas le loisir après le déjeuner, puisque nous devons nous rendre à la mairie dès deux heures et demie.

— À tout à l'heure, ma tendre chérie, murmure Raphaël.

Maman me prend silencieusement le bras et m'entraîne dans le couloir qui conduit à une petite chambre sombre où m'attendent mes vêtements de mariée. Je la sens se raidir lorsque nous ouvrons la porte et lis son dépit sur son visage crispé. Bernadette est là, plantée tel Cerbère devant le Styx, bien que ses formes arrondies accentuées par un petit frisottis de cheveux blonds feraient croire à une nature joviale. Dès notre arrivée, elle croise les bras sur sa forte poitrine, que voudrait masquer un tailleur sombre, manifestant par son attitude qu'elle ne quittera pas la place.

— Puisque j'ai coupé ta robe, j'ai jugé indispensable de t'aider à la passer pour qu'elle tombe bien ! assène-t-elle d'un ton rude.

Puis elle ordonne, en m'indiquant une chauffeuse :

— Assieds-toi, je vais d'abord te maquiller !

Maman encaisse, moi aussi, nous laissons faire.

Une boule me noue la gorge, ma poitrine se serre, il me semble que je vais défaillir.

— Tu es pâle, ma chérie, me dit maman, et je lis dans ses yeux bleus une détresse que je n'ai jamais vue.

— C'est rien ! C'est l'émotion ! C'est normal ! rétorque Bernadette vivement.

Elle prend ses pinceaux et lance ses injonctions :

— Ferme les yeux, ouvre la bouche maintenant, un peu plus, non, un peu moins, c'est ça, je vais te peindre les lèvres.

« C'est joli ce que j'ai fait, n'est-ce pas, chère madame ? dit-elle à l'adresse de maman toujours muette.

Ce mutisme importe peu à Bernadette qui me demande maintenant de me déshabiller et enfile les mains dans la grande robe qu'elle tient au-dessus de ma tête.

— Dépêche-toi ! J'ai mal aux bras ! s'impatiente-t-elle, tandis que j'ai le sentiment d'être une prisonnière que l'on a livrée à un geôlier.

Je sens glisser sur ma peau le long vêtement blanc qui me fait frissonner. Sur le visage de maman, un masque s'est figé, elle a les traits tirés autant que son chignon, ses lèvres forment un rictus que je ne lui connais pas, il semble qu'un hurlement se soit bloqué dans sa gorge.

Toujours silencieuse, elle me précède dans l'escalier, tandis que Bernadette, qui tient la traîne du long manteau de cour, annonce notre arrivée d'un tonitruant :

— Nous voici, nous voilà !

Dans le salon, j'aperçois la fragile silhouette de ma sœur Yolaine, habillée d'une courte robe fleurie qui met en valeur ses longues jambes. Elle discute avec mes jeunes frères Thibaud et Gaétan, grands et minces dans leur costume sombre ; à côté, Amaury, le petit dernier de la famille, les regarde du haut de ses douze ans. Ils entourent papa à une extrémité de la pièce, tandis qu'à l'autre Raphaël parade au milieu de sa fratrie. Il applaudit dès qu'il me voit, donnant à tous l'idée d'en faire autant et, se précipitant vers moi, il me prend par la main, qu'il soulève.

— Je vous présente ma femme, dit-il en affichant un large sourire.

— Pas encore tout à fait… ose maman, qui se fait fusiller du regard par ma belle-famille unanime.

Gênée, elle se réfugie auprès de son mari et de ses autres enfants, pendant que Raphaël m'enlace la taille d'un bras et lève triomphalement l'autre en un geste qui semble vouloir dire à l'assemblée : « Elle est à moi maintenant, je ne la quitterai plus. » Sa mère, auréolée de ses cheveux blancs retenus par des peignes, nous regarde, attendrie, puis vient m'embrasser avant d'inviter chacun à se restaurer.

Longuement, maman me regarde en hochant la tête, elle semble vouloir me dire : « Es-tu bien sûre que ce soit vrai, ma fille ? » À l'autre bout de la table, mes belles-sœurs, très à leur aise, s'esclaffent en faisant des mines et en prenant des poses théâtrales. Elles prennent leur verre en levant le petit doigt, poussent du coude leurs maris respectifs qui les regardent amusés, puis piochent dans leur assiette du bout de leur fourchette avec des moues de princesses offensées en échangeant des « taratata, ma chère ! » avec des coups d'œil furtifs vers maman.

À peine le dessert est-il pris que ma belle-mère bat le rappel en frappant dans ses mains.

— Nous sommes en retard sur l'horaire, annonce-t-elle, toujours souriante.

S'ensuit le brouhaha du départ.

À l'entrée de la maison, on installe sur mon bras la lourde traîne qu'il va me falloir porter. Raphaël discute avec ses amis de la fanfare, il me semble qu'une foule multicolore maintenant nous entoure puis nous suit, papa et moi, tout le long du bref trajet qui mène à la petite mairie de campagne.

Sans avoir eu le loisir de dire ouf, me voilà déjà debout, à côté de Raphaël, face à monsieur le maire.

À la traditionnelle question : « Mademoiselle Marguerite, Solange, Marie, Louise Binoix, voulez-vous prendre pour époux Monsieur Raphaël, Marie, Robert, Georges Taquet ? » je réponds « oui », c'est si simple.

En sortant, Raphaël insiste pour faire avec moi l'école buissonnière. Pendant que nos invités et nos familles empruntent, en voiture, les routes carrossables, nous montons le chemin piétonnier qui mène à l'église. Mes demoiselles d'honneur, un fichu à carreaux verts et blancs sur la tête assorti à leur robe et un petit panier d'osier à la main, rient en dansant devant nous. Le soleil, avec une certaine coquetterie, se cache parfois derrière un nuage afin que ses rayons paraissent plus lumineux. Raphaël me tient la main.

— Tu es madame Raphaël Taquet maintenant, me dit-il fièrement, tandis que nous arrivons sur le terre-plein qui s'étend devant l'église romane.

— Cela ne veut pas dire que je sois « madame toi » pour autant, réponds-je avec un sourire.

Il éclate de rire puis me remet solennellement au bras de mon père qui attend pour me conduire à l'autel. L'angoisse à nouveau me prend, alors qu'à pas lents nous entrons dans l'église et que la chorale entonne : « Seigneur, Seigneur, nous arrivons des quatre coins de l'horizon, nous voilà chez toi, chez toi. »

Me voici à genoux, priant avec ferveur ce Dieu qu'en ma foi encore enfantine je prends un peu pour un magicien. Et lorsque Raphaël dit d'une voix forte : « Je te reçois comme épouse et je me donne à toi », sûre qu'il a pesé tout le sens de sa phrase, je me donne à lui en pleine confiance.

Mon petit tas d'os

Le lendemain, en fin d'après-midi, puisqu'il était prévu que les festivités durent tout le week-end, nos derniers invités finissent par se décider à regagner leurs pénates, ce qui nous permet enfin de partir en voiture vers une destination connue de Raphaël seul. Je savoure déjà le bonheur muet de passer avec lui une soirée qui s'annonce romantique, lorsqu'il avise un chemin de terre, s'y engage et s'y gare. Mais une fois le moteur arrêté, je le vois abaisser son siège, s'étirer en s'exclamant de joie : « Ah ! que je suis heureux d'avoir réussi mon mariage ! », se tourner et s'endormir, en bébé satisfait. Je reste songeuse. Les images de « son » mariage, comme il dit, se mettent alors à défiler dans mon esprit en laissant monter dans mon âme une sourde mélancolie. Dans l'or du soir qui tombe maintenant, peignant les nuages en rose, je me revois la veille au sortir de l'église, alors que je passe le porche roman. Le ciel revêtu d'une soie uniformément bleue... L'air lumineux dans lequel flotte une légère brise... Les cloches qui carillonnent... La fanfare qui lance ses flonflons... Et je souris en réponse aux sourires présents sur toutes les lèvres... Si bien que lorsqu'une volée de riz me griffe la figure, je ne m'inquiète guère plus de ne pas trouver dans les bras de mon époux le refuge attendu, tout occupé qu'il est, déjà, par ses amis. Quelques instants plus tard, il m'enlace, d'ailleurs, m'entraînant dans une valse lente, sous les yeux admiratifs de l'assemblée. Grisée, j'entends une voix à côté de nous s'exclamer : « Regardez comme il est amoureux d'elle ! » Je le crois et suis heureuse, alors que ses amis, nous invitant à les suivre en musique, nous entraînent vers un champ en contrebas que j'ai du mal à atteindre puisque, vêtue de façon peu adaptée à ce genre d'exercice, je glisse dans l'herbe grasse et mal fauchée. Mon mari, lui, bien à l'aise dans ses vêtements, s'amuse et ne m'accorde pas la moindre attention. Je ne suis pas encore parvenue à ses côtés que les copains fanfaronnant dévoilent, sur un haut pan de mur, comme lors d'une inauguration, une plaque imitant le marbre rose, sur laquelle s'inscrit, en lettres d'or : « Raphaël Taquet, homme de l'art, a le droit qu'à ses pieds la foule vienne et prie. » Et ils m'intiment de lui faire allégeance...

Le ridicule de cette cérémonie en son honneur et l'humiliation ressentie alors m'oppressent à nouveau comme une chape de plomb alors que j'entends le paisible ronflement de mon époux toujours étendu sur la banquette de la voiture. N'a-t-il pas, en effet, « réussi », selon ses termes, une fête en son honneur, dans laquelle je n'étais qu'une poupée ? Je le vois applaudir des deux mains et remercier chaleureusement les généreux donateurs pendant que moi, plantée là comme un objet devenu absolument inutile, je pâlis de honte. Je me vois me donner une contenance en remontant gaillardement le champ pentu. Je vois ma mère se précipiter vers moi pour m'aider, et son visage attristé. Je vois Raphaël me prendre par la main avec autorité, organiser un cortège et nous conduire, au son des cuivres, dans le raidillon qui nous ramène en bas du village. Je vois les habitants crier du pas de leur porte : « Vive la mariée ! » Ah ! S'ils savaient comme la mariée se gèle dans ses souliers trempés ! Mais j'affiche encore le sourire de circonstance à notre arrivée devant les portes de la Pigeonnière.

Pendant le dîner, Raphaël ne reste pas assis une minute. Il monte, redescend, passe d'une table à l'autre, entoure d'un bras les épaules d'une amie, d'une cousine ou d'une sœur, discute avec l'un, avec l'autre, « ses » invités que je ne connais pas et qu'il ne me présente pas. Je pense goûter à nouveau les délices de quelques pas de valse lorsque, me prenant par la main, il m'entraîne vers la scène pour ouvrir le bal. Mais il lance :

— Jouez-nous une valse, je vais faire danser mon petit tas d'os.

Sa remarque m'affecte profondément, et sans doute le sent-il puisque, me serrant fort dans ses bras, il murmure en me léchant l'oreille :

— Je t'aime, je t'aime, je t'aime à la folie…

Pourtant, dans la minute qui suit, il avise une esseulée qu'il va chercher, me plantant là. Déçue, humiliée à nouveau, transie, je grelotte en rêvant d'un bon bain bien chaud, lorsque je sens que l'on pose sur mes épaules une douce étole de fourrure. Yolaine, ma complice de toujours, a discrètement glissé à côté de moi son visage de porcelaine pendant que les autres continuent de festoyer et de danser. Nous ne pouvons nous parler, tant la musique fait de bruit, mais elle me prend la main, l'air de dire : « T'en fais pas, ma vieille, ça n'est qu'un mauvais moment à passer… »

La nuit enveloppe désormais la voiture. En ce mois d'avril, la fraîcheur du soir se fait durement sentir.

Mais je n'ose réveiller Raphaël. Je donne encore libre cours aux images de la veille, à notre première nuit. Je vois Raphaël m'entraîner tendrement vers son coupé 205, me conduire jusqu'au fond d'un bois. J'y découvre une clairière au milieu de laquelle s'inscrit une chaumière qui ressemble à une illustration de conte de fées. Il me porte pour en franchir le seuil. Mes bras autour de son cou, je me laisse aller. Yolaine avait raison, ce n'était qu'un mauvais moment à passer. Des bûches à demi éteintes dans la vaste cheminée éclairent faiblement l'unique pièce de la maisonnette. Raphaël les attise, ajoute un peu de bois et fait bientôt crépiter le feu.

— Allez, ma belle, c'est à moi de te tenir chaud, dorénavant, rit-il.

Puis, me prenant dans ses bras, il chuchote :

— J'ai le droit de déshabiller mon petit tas d'os maintenant, n'est-ce pas ?

Je passe outre au sobriquet dont il m'affuble encore, émue que je suis de sentir l'ouverture de la fermeture Éclair, le glissement de la doublure de soie sur mes hanches et une main habile dégrafer mon soutien-gorge. Alors que ce qui fut la robe d'un jour s'étale à mes pieds telle une large flaque blanche, Raphaël examine mon corps... comme on ferait le tour du propriétaire. Et mettant soudain une main sur mon sexe, il affirme :

— C'est à moi maintenant, tout ça, hein !

Ronflements dans le lit alors que le feu s'est éteint, ronflements dans la voiture dans la fraîcheur du soir. Le matin de la première nuit... Ce matin même. Matin si lointain et si proche. Mes yeux s'ouvrent sur la fenêtre encadrée de deux rideaux bonne femme en vichy bleu derrière laquelle s'étend une pièce d'eau où je vais, nue, faire mes ablutions. Mes cheveux ne sont pas encore secs lorsque nous arrivons sur la vaste pelouse de la Pigeonnière, où nous attendent la plupart des amis de Raphaël groupés autour de son frère Jean-Pierre, qui s'essaie à la trompette. Jeannine tourne en rond, l'air exaspéré.

— Ah ! vous voilà quand même, lance-t-elle d'un ton furieux. Je parie que ma belle-sœur avait besoin d'une grasse matinée. Allez, Marguerite, assez joué les princesses lointaines, prends ton rôle de maîtresse de maison au sérieux maintenant et aide-moi à passer les plats.

Pendant que Raphaël rejoint son frère, Yolaine, qui a entendu l'injonction, vient vers moi devant la demeure du XIXe siècle que l'on appelle pompeusement le « château ». Charcuteries, sauces et légumes froids sont disposés sur de grandes planches reposant sur des tréteaux et recouvertes de draps blancs. Jeannine nous tend les plateaux qu'elle nous ordonne de déposer sur l'herbe, à l'endroit où s'amusent alors les « hommes », selon son expression, en affirmant :

— Tu es mariée, maintenant, il va bien falloir que tu t'y mettes !

— Servir ces messieurs... c'est ça, m'y mettre ? répliqué-je sur un ton ironique.

Elle hausse les épaules, lève les yeux au ciel en signe d'exaspération, puis s'exclame :

— Tu ne crois pas que j'en ai déjà assez fait pour le mariage de mon frère ! Je suis crevée, moi !

« Le mariage de son frère » ! La remarque me fait sursauter. Je regarde Yolaine. Elle paraît elle-même effarée. Pour nous laisser le moment d'un brin de causette, nous traînons à prendre les plateaux, mais, sans que nous puissions prendre le temps d'échanger un mot, Jeannine intervient de nouveau :

— Allons, dépêchez-vous ! Ils ont faim, les hommes !

Je sais que cette expression désigne ses frères, son époux, mais aussi ses sœurs qu'elle sert avec ostentation, pour montrer combien elle est une femme « méritante », comme l'affirme son père. Un frisson glacé me parcourt le corps.

Une main sur mon épaule me fait tout à coup sursauter, m'arrachant à mes songes. Je me retourne et aperçois un Raphaël hirsute, qui s'étire avec un bruyant bâillement. La nuit est noire, désormais. Elle nous enveloppe de son large manteau sombre et tous les oiseaux se sont tus.

— Tu as bien dormi ? interroge mon mari.

Non, je n'ai pas dormi une minute. Mais peu lui importe manifestement ma réponse puisqu'il ajoute en démarrant :

— Tu ne seras jamais au bout de tes surprises avec moi, ma chérie.

Ma poule

Le mardi suivant, nous sommes de retour à Paris pour achever mon déménagement. « Notre boulot nous appelle », comme dit mon mari. Toujours ponctuel, il gare sa voiture rue Brezin à quatorze heures pile malgré le temps de cochon qui a ralenti notre voyage. Il m'ouvre galamment la portière et m'enlace les épaules, me protégeant sous un parapluie pour parcourir les quelques mètres qui nous séparent de mon ancien immeuble, où je retrouve mon appartement tristement encombré de paquets, de valises entassées, de meubles groupés les uns à côté des autres. Je chasse la nostalgie qui voudrait m'envahir. Un autre sentiment beaucoup plus fort m'emplit de joie, je sais que cette rupture avec mon ancien « chez-moi » matérialise les fondements de la famille que je bâtirai avec l'homme que j'aime, malgré les questions que je me pose. En regardant les murs où reste encore la trace des cadres qui y étaient accrochés, je songe qu'ils trouveront « chez nous » leur place et j'imagine un peu ce que sera la nouvelle harmonie que nous allons édifier. Pendant que je médite, Raphaël tourne en rond et fait le tour des cartons dans lesquels j'ai emballé mes trésors. Avec une certaine nervosité, il tortille ses rouflaquettes. Lisant les étiquettes, il lâche :

— Linge de maison, vaisselle, déco, bon ! Il est prévu que mon frère arrive dans vingt minutes avec une camionnette ; ce bazar doit pouvoir entrer dedans et tenir ensuite dans sa cave.

— Pardon ? ! j'ai bien entendu ? Dans *sa* cave ? ! Mais ce sont *mes* affaires ! Il était convenu que nous les emporterions dans ton appartement.

— J'ai changé d'avis, ma poule ! Tu me connais ! Tu sais très bien que j'ai horreur de m'encombrer d'objets, chez moi !

En voyant mes yeux s'agrandir d'une stupéfaction mêlée de colère, il ajoute, sur un ton suave, en tendant les bras :

— Ne te fâche pas, ma chérie, tu penses bien que j'ai déjà prévu un espace pour nos enfants, tourne-toi vers l'avenir, laisse là ton passé et fais-moi confiance. C'est moi le décorateur, non ?

Comme il vient à moi pour m'embrasser, je recule, trébuche sur un tabouret bas et tombe à la renverse. Éclatant de rire, il s'exclame alors :

— Et voilà, ma poule ! Tu vois ce qui arrive aux femmes qui n'obéissent pas à leur mari !

Suffoquant, le souffle court, j'essaie de me relever tandis que, sans plus d'égards pour ma personne, Raphaël se plante debout devant moi. Me toisant, il part dans une de ses habituelles tirades, insiste sur le grotesque de la situation dans laquelle je me suis mise et, entonnant son refrain favori, m'enjoint de ne pas « regarder la vie dans un rétroviseur » pendant que, le derrière par terre, je ne sais si c'est la chute ou la rage qui m'étouffe. Je n'ai pas encore eu le temps de répliquer que la sonnette retentit. À peine ai-je pu me remettre debout que j'ai le sentiment qu'un bataillon prêt à l'attaque se dresse devant moi. Jean-Pierre, Jeannine, Bernadette et Inès, en tenue de sport, se précipitent dans ce qui fut ma salle de séjour et relèvent leurs manches sans même m'avoir adressé la parole. Jeannine soulève déjà un carton et lance à l'adresse de son frère :

— Tu as de la chance que nous ayons tous pu prendre notre journée !

— Tu pourrais peut-être nous aider, non ! me jette Inès.

Sur quoi, je rétorque :

— Je vais si bien vous aider que vous allez laisser tout ça ici ! Je m'en débrouillerai toute seule.

— Ne prêtez pas attention à ce mouvement d'humeur, soupire Raphaël, il arrive qu'elle me pique des petites crises comme ça, mais ça n'est rien.

Jeannine embarque alors deux chaises, non sans avoir levé les yeux au ciel, tandis que Bernadette et Inès transportent ma table et que Jean-Pierre, se précipitant sur les fauteuils, s'exclame :

— Eh ben ! mon petit père, je t'en souhaite !

Me sentant désarmée, je croise fermement les bras et fusille alternativement du regard mon beau-frère et mes belles-sœurs pour montrer mon entière réprobation. Mon attitude les laisse pourtant aussi indifférents que si je n'étais pas là. Je ne peux que les regarder s'emparer sans vergogne du cadre que je m'étais donné tant de mal à construire. Je me tourne vers Raphaël et, submergée par la colère qui déborde, je lance :

— Je vais faire un tour pour me changer les idées, je te retrouverai ce soir « chez toi », comme tu dis !

Là-dessus, j'attrape mon imperméable qui traîne par terre comme une guenille et pars en claquant la porte. Je descends les escaliers à toute vitesse, passe devant la concierge éberluée et me retrouve dehors, sanglotant. Sous un ciel sombre, des nuages pleurent aussi, ils s'épandent en flaques dans lesquelles des passants pressés mettent les pieds. Encapuchonnés ou à l'abri de leur parapluie, ils regardent droit devant eux, le dos courbé, la tête enfoncée dans leur col. Certains se retournent sur mon chagrin mais la plupart semblent ne pas me voir. Mes cheveux mouillés me collent aux joues mais peu m'importe, je marche longuement, sans but. Un instant, je songe à téléphoner à maman mais j'entends déjà ses remarques : « Je t'avais bien dit de ne pas épouser ce garçon. » Alors, songeant que Yolaine pourrait m'être de bon conseil, je me laisse du temps pour me rendre chez elle et marche encore jusqu'à la rue de Vouillé pour prendre le 62.

Dans le bus qui me berce, je continue de réfléchir… me lève dans l'attente du prochain arrêt… afin de reprendre le même bus en sens inverse !

Rue de Vaugirard, j'hésite à franchir le seuil du 288, où habite Raphaël. Prenant mon souffle pour me donner du courage, je pousse la lourde porte cochère et monte lentement les deux étages qui m'amènent à son appartement. Tremblant comme une feuille, j'ose timidement appuyer sur le bouton de la sonnette. Il ouvre, l'air affligé, et me fait entrer. À peine ai-je franchi le seuil que mon beau-père se dresse devant moi. Il a sur le dos lui aussi un imperméable et, d'un air impatient, va droit au but.

— C'est dans vos habitudes de fuguer comme ça, ma chère Marguerite ? demande-t-il immédiatement sur un ton froid.

Tel un procureur de la République face au coupable, il ajoute :

— Il va quand même falloir apprendre à respecter les lois du mariage ! On ne fait pas toujours ce qu'on veut dans la vie, vous savez !

Enfin, avec commisération, il laisse tomber sa sentence :

— Pour votre bien, vous lirez ceci.

Il me met dans les mains un livre des éditions Feu nouveau, intitulé *L'Amour, ce long chemin*, et, sans m'avoir laissé le temps de dire ouf, s'adresse à son fils :

— Je dois partir maintenant, nous avons une réunion avec notre cercle de couples ce soir, je te donnerai l'adresse d'un jeune ménage qui en fait partie ; cela fera du bien à ta femme de les rencontrer. Vous pourrez vous joindre à eux pour apprendre à avoir une vie conjugale harmonieuse.

Coite, j'observe la couverture du livre, sur laquelle est dessiné un anneau d'or surmonté d'une croix, en écoutant les au revoir du père et du fils. Sans doute leur semble-t-il que je suis transparente puisque ni l'un ni l'autre ne m'adresse plus le moindre mot ni même le moindre regard.

— À dimanche, jette Raphaël en fermant la porte.

Toujours immobile, mon corps ressemble à une marionnette que l'on maintiendrait dans une position fixe. Sans doute mes neurones se sont-ils aussi figés dans mon cerveau puisque, médusée, je ne pense plus, alors que je vois venir à moi un Raphaël fanfaronnant.

— Ah ! j'ai un père parfait ! s'exclame-t-il, c'est un homme admirable qui a toujours su mettre la paix dans les ménages. Tu as de la chance, parce que j'étais furieux contre toi tout à l'heure. Il a quand même réussi à me calmer en m'expliquant qu'il ne fallait pas accorder trop d'importance à tes erreurs de jeunesse.

Je me sens fourvoyée dans une impasse et ne vois pas comment je pourrais m'en sortir sans « me soumettre ou me démettre ».

Les jours passent. Je cherche sans cesse l'occasion de discuter calmement avec mon mari pour exprimer cette souffrance, sans jamais y parvenir parce qu'il me lance dans un tourbillon de pots, de dîners ou de vernissages qui laissent peu de place à l'intimité. D'autre part, entre les courses, le ménage, le métro, le boulot, le dodo et ses légitimes exigences, je n'ai plus un moment à moi. Je découvre un Raphaël au quotidien qui se lève, se lave et s'habille en toute hâte, engloutit rapidement des tartines de harengs trempées dans du café, court à son atelier, s'empresse auprès de ses amis, avale ses repas à toute vitesse et me fait l'amour… de même.

Il arrive pourtant qu'il soit fatigué ; alors, préférant la télévision à une aimable conversation entre époux, il m'enjoint de me taire et m'oblige à me laisser aller, moi aussi, à la passion cathodique, parce que l'amour, dit-il, citant Saint-Exupéry, « ça n'est pas se regarder l'un l'autre mais regarder dans la même direction ». Celle du petit écran n'a rien à voir, à mon sens, avec ce que voulait exprimer l'auteur, mais la moindre remarque de ma part se heurte à une réplique sans appel :

— Tu ne vas pas la ramener avec tes explications de texte, non ? !

Ainsi passent les journées et défilent les semaines. Tel un roseau dans le vent, je ploie sous le fardeau de mes occupations matrimoniales et je vois arriver la fin du mois de juin sans avoir pu trouver le moment d'exprimer ce mal-être que je ressens au fond du cœur.

Ma Vénus hottentote

Tous les dimanches, nous déjeunons « en famille », selon l'expression de mon mari, dans l'appartement haussmannien qu'habitent mes beaux-parents. Et, chaque semaine, je réprime au mieux mon ras-le-bol, vis-à-vis de cette coutume. Dans la salle à manger lambrissée, j'observe en silence, depuis « mon » bout de table, Raphaël discuter à l'autre bout. Je ne sais pourquoi on ne nous a pas installés l'un à côté de l'autre, comme on le fait toujours pour les jeunes mariés. Pour distraire la solitude que je ressens et chasser le chagrin qui me ronge, je regarde une à une les assiettes qui décorent les murs, tout en feignant d'écouter Jeannine, qui revient une nouvelle fois sur les préparatifs des prochaines « grandes vacances » à Raboté. Comme chaque dimanche, Bernadette, qui ne cesse jamais de « se montrer utile », tourne et vire dans un incessant va-et-vient. Comme chaque dimanche, elle arrive en portant triomphalement le sempiternel ragoût de lapin au milieu duquel trône la tête. Comme chaque dimanche, les mêmes gestes abjects vont se dérouler sous mes yeux, accompagnés des mêmes paroles pleines de sous-entendus. Mon beau-père va se servir en prenant avec componction la tête aux yeux globuleux et aux dents apparentes, et la déposer lentement dans son assiette en disant : « Il faut bien avoir l'esprit de sacrifice. »

Ce dimanche-là encore, c'est ce qu'il fait, en me regardant fixement. Mais alors que j'ai cru devenir indifférente à cette pratique hebdomadaire, je me sens soudain prise cette fois-ci d'un violent haut-le-cœur. L'estomac au bord des lèvres, j'ai envie de vomir. Tous les regards passent de moi à mon mari qui, voyant le manège, affirme en mastiquant :

— Ne vous en faites pas, ça passera, on ne peut rien lui dire en ce moment.

Des larmes irrépressibles se mettent alors à couler sur mes joues, j'ai envie de partir sans m'en sentir la possibilité. Ma belle-mère me regarde avec compassion et ouvre la bouche, peut-être pour me consoler, lorsque Jean-Pierre s'exclame en se tournant vers moi :

— T'as signé, t'es là pour en chier, maintenant.

Sur quoi, Bernadette, Inès et Jeannine éclatent de rire. Posant ma serviette à côté de mon assiette, je fais un mouvement pour me lever. Mais, croisant le regard glacial de mon beau-père, je me ravise et utilise cette serviette pour m'essuyer le visage. J'avale avec peine ma salive, me tasse sur ma chaise et tente de calmer mes entrailles en observant mon couvert, pendant que les conversations reprennent comme si rien ne s'était passé.

À la fin du repas, je me sens dans l'obligation de débarrasser la table, avec mes belles-sœurs, malgré le vertige qui m'a saisie. Le long couloir sombre qui mène à la cuisine me semble être un boulevard dont je ne verrai jamais la fin, tant mes jambes refusent de m'obéir. Mais je suis trop lasse et trop triste pour manifester le moindre désir de me reposer, ce qui serait immédiatement interprété comme un début de révolte. Il me semble simplement, une fois de plus, que Raphaël m'abandonne dans la cage aux lions. Cette image se renforce dans mon esprit alors que, penchée au-dessus de la poubelle où je parviens à jeter les déchets malgré mon malaise, j'entends Jeannine me reprocher de n'être pas assez rapide.

— Laisse tomber, ajoute Inès, tu sais bien qu'elles ne sont pas efficaces, les « intellos ».

Bien que je sente une sueur froide perler sur tout mon corps, je regagne le salon où les « hommes » sont maintenant installés dans de confortables fauteuils en velours, tandis que ma belle-mère dispose des tasses à café sur une table basse.

— Vous êtes bien pâle, ma petite Marguerite, fait-elle observer.

— Je ne me sens pas très bien, réponds-je, alors que la tête me tourne. J'aimerais bien me reposer chez moi.

— Puisque mon gouvernement le désire, nous rentrons. Excusez-nous d'être si mal élevés, dit alors Raphaël en se levant.

Bien que je lise dans le regard de ses frère et sœurs une réprobation mêlée de pitié pour le pauvre homme victime des humeurs de sa femme, l'idée de m'en aller me soulage, et c'est d'un pas mieux assuré que je suis mon mari jusque dans l'entrée où nous accompagne mon beau-père.

— À la semaine prochaine, mon pauvre fils, dit-il à Raphaël en l'embrassant avec effusion, sans le moindre égard pour ma personne.

Quelques minutes plus tard, la voiture glisse le long des quais, je regarde la Seine qui scintille sous le soleil. Sur un bateau-mouche, des gens semblent s'amuser mais, tristement, je me tourne vers Raphaël. Il n'a pas ouvert la bouche depuis notre départ et je m'aperçois qu'il a le regard fixe et les mâchoires serrées des mauvais jours. Sans doute a-t-il perçu mon coup d'œil puisque, immédiatement, il dégaine :

— Mais qu'est-ce qui te prend ? ! s'exclame-t-il d'un ton furieux.

— Qu'est-ce qui me prend ? Mais c'est que j'en ai marre, tout simplement !

Et les mots, jusque-là trop longtemps retenus, jaillissent malgré moi :

— J'ai l'impression que tu ne m'aimes pas, que tu ne m'as pas épousée, que tu as juste consenti à mettre une femme dans ton appartement et dans ton lit, comme un objet que tu utilises à ton gré, or je ne suis pas une chose ! Je m'interroge depuis longtemps à ce sujet mais tu ne me laisses jamais le loisir de te parler. Seulement, si tu continues à ne pas m'accepter comme je suis, si tu continues à chercher l'aide de ta famille pour m'écraser, eh bien, il va falloir que nous prenions les décisions qui s'imposent !

Comme toujours lorsque j'élève le ton, il essuie une larme d'un revers de manche, se mouche et, posant une main sur ma cuisse, répond avec affliction :

— Je pardonne tes paroles trop dures, ma chérie, parce que cela ne te ressemble pas. Je pense que tu me fais seulement un « caca nerveux » de femme enceinte et que je vais enfin te voir devenir ma Vénus hottentote.

Une fois de plus, il me désarçonne : cela n'aurait rien à voir avec les difficultés que j'éprouve dans mon couple. Raphaël a un don indéniable pour l'esquive, mais pourquoi passe-t-il toujours son temps à éviter que nous parlions ? Cette question m'agace d'autant plus que je dois me rendre à l'évidence : j'ai « du retard », comme on dit. Il va donc falloir que je fasse un test.

— Alors, ajoute Raphaël, tu as fait tes comptes ? Depuis combien de temps n'as-tu pas eu tes règles ? C'est bien ça, hein ? sourit maintenant mon mari.

Les jours suivants lui donnent raison. Rien n'est pourtant résolu entre nous, alors que je contemple, émerveillée, le petit anneau foncé qui se dessine au fond de l'éprouvette, mais la certitude de ma grossesse me donne un tel bonheur qu'il gomme en un instant tout ce que mon époux me fait vivre de difficile. Il m'a fait un enfant et, sans m'interroger plus avant, je prends un virage à cent quatre-vingts degrés : je me projette désormais vers cette vie qui s'éveille en moi, et donc, par ricochet, vers le père qui remonte au sommet de mon panthéon personnel.

Ma petite larve

J'accouche le samedi 11 mars 1972. Mon gynécologue a accepté de ne pas me faire de césarienne, bien que le bébé se présente par le siège, mais il m'a installée en salle d'opération « par précaution », comme il dit. Allongée sous le scialytique, je suis entourée d'une multitude d'hommes « prêts à intervenir en cas de problème », m'a-t-on prévenue. Habillés de vert, ils ressemblent à des Martiens avec leur bonnet sur la tête, leurs bottes en papier et leur masque sur le nez. Ils me feraient presque rire, si je ne sentais pas leur anxiété. Raphaël, affublé du même déguisement, se tient à côté de moi et me regarde d'un air inquiet. Il est vrai que l'ambiance est un peu oppressante, alors que les contractions s'accélèrent et que la sage-femme s'apprête à intervenir. Au moment où elle me le demande, je rassemble toutes mes forces pour mettre notre enfant au monde. Un silence religieux pèse dans la pièce lorsqu'elle annonce :

— C'est une petite fille.

— Bérénice, dis-je dans un sourire.

Je tends les bras pour la serrer contre moi. Elle ne crie pas. Un médecin l'emmène précipitamment, tous les autres le suivent, Raphaël leur emboîte le pas. Inquiète, je me sens abandonnée dans la salle emplie d'instruments bizarres où je suis prisonnière. Mon seul désir est de faire connaissance avec ma fille ; pourtant, saucissonnée par divers tuyaux – perfusion qui coule dans mes veines, appareils auxquels on m'a branchée –, je ne peux pas bouger. Je ne comprends pas ce qui se passe, j'ai bien peur qu'il ne soit arrivé quelque chose de grave à Bérénice. Bientôt, des blouses blanches viennent s'affairer autour de moi. Je réclame mon bébé.

— Elle va bien, votre fille, assure une infirmière, mais il a fallu la mettre en couveuse parce qu'elle est trop petite et ne se réchauffe pas toute seule.

Pourquoi Raphaël n'est-il pas revenu me voir ? Je n'ose poser la question tandis qu'un peu plus tard on me roule vers la chambre sans âme où l'on m'installe. Déçue que Bérénice ne soit pas là, avec moi, mais heureuse de la savoir en vie, quelque part dans cet hôpital, je prends le dîner que l'on me sert et m'endors rapidement.

Le lendemain matin, une femme habillée d'une blouse à rayures roses et blanches se présente dans ma chambre.

— Nous allons voir votre enfant, annonce-t-elle.

Je me laisse guider à travers un dédale de couloirs qui mène à une vaste pièce où dorment des bébés minuscules dans leur cage de verre. Désemparée, je regarde la femme qui m'accompagne : elle me prend par les épaules et me conduit jusqu'à Bérénice qu'immédiatement je reconnais. Derrière la vitre de son petit berceau hermétiquement clos, j'admire son corps gracile et si bien proportionné que je croirais voir un vivant tanagra. Jamais je n'ai rien contemplé de si joli que cette enfant. Assise sur un fauteuil que l'on a mis à ma disposition, je ne me lasse pas de la regarder. Ses cheveux bruns encadrent des traits si fins qu'ils semblent dessinés à l'encre de Chine. Vêtue seulement d'une couche, elle dort sur le ventre, la tête posée sur le côté, et son souffle tranquille me donne un indicible sentiment de paix. Elle ne mesure que quarante-six centimètres et ne pèse pas deux kilos et demi, mais elle est ravissante, ma fille : mon extase n'a pas de borne. Raphaël me rejoint bientôt. Sans m'avoir embrassée, il pose la main sur mon épaule et jette à la couveuse un regard dubitatif. Il ne m'adresse pas la parole mais, muette d'admiration devant notre enfant, j'attribue son mutisme au même sentiment. Tout à coup, je vois arriver Jeannine, à qui son statut d'infirmière permet sans doute d'entrer. Elle a enfilé une blouse blanche, bien qu'elle ne soit ni dans son service ni même dans son hôpital, et je trouve sa présence inopportune alors que nous n'avons pu encore nous remettre de nos émotions.

— Alors, tu es content de ta petite larve ? ricane-t-elle en embrassant son frère.

Quoi ? Notre fille, une larve ! Pour un peu, je lui arracherais ses yeux qui ne savent pas voir, à mon imbécile de belle-sœur ! Mais j'ai déjà trop consenti à me taire dans cette famille qui m'horripile et je persiste dans cette attitude, en espérant que Raphaël saura défendre notre bébé. Pourtant, cet espoir d'un instant s'anéantit dans la minute qui suit.

— Content de ma petite larve ? répond mon mari. Si on veut, c'est un microbe qui ressemble à sa mère. J'aurais bien dû me douter que mon petit tas d'os ne pourrait pas me bâtir un beau garçon bien costaud.

La remarque me fait tressaillir. Mue à la fois par ma tendresse de mère et ma fureur, je me lève d'un bond et pose les mains et le front sur la vitre derrière laquelle dort mon bébé, en murmurant les mots d'amour qui me viennent aux lèvres.

— Tu es toute petite mais tu es belle, ma chérie, mon trésor, perle de ma vie, et tu vaux mieux que tous les beaux garçons de la terre.

Comme si elle m'avait entendue, Bérénice ouvre alors deux grands yeux qui me font exploser le cœur. Me tournant vers Jeannine, j'ordonne, sur un ton sans réplique :

— Tu as seulement le droit d'être aimable ou de sortir.

— Mais qu'est-ce qui te prend ? demande Raphaël, qui suit des yeux sa sœur se dirigeant vers la porte. On ne peut plus rigoler, maintenant ?

— Non, réponds-je avec la même énergie, rigoler aux dépens de mes enfants ! Ça, jamais !

En un éclair, je vois la main de mon mari se lever vers ma figure, il semble prêt à me gifler mais, se ravisant, il tourne les talons et prend le même chemin que Jeannine. Seule à nouveau devant Bérénice, que je voudrais serrer contre moi, je pleure. Subitement, une douce voix féminine se fait entendre derrière moi.

— Allons, madame, je sais qu'il est toujours éprouvant pour les parents de voir leur enfant dans ces conditions mais elle est en très bonne santé, votre petite fille, vous pourrez vous en occuper dès cet après-midi ; alors maintenant, vous allez regagner votre lit pour vous reposer.

Je me sens épuisée ; pourtant, je ne mets aucun empressement à obtempérer, tant je souhaite rester avec mon bébé. Je la contemple encore en quittant la nurserie. Puis, je regagne sans hâte ma chambre vide, dont le lit et la table de nuit métalliques surmontés d'un éclairage au néon n'indiquent pas que je suis à la maternité. Je me console de l'absence, que je vis mal, en sortant de ma valise la layette que j'ai préparée. Au moment où je la dispose sur l'unique fauteuil, placé sous la fenêtre, on frappe à la porte.

— Entre, dis-je d'une voix émue, pensant voir apparaître Raphaël.

Mais c'est un coursier qui arrive. Il me remet une énorme azalée emballée dans un papier transparent dont je détache une petite carte : « De la part de maman, avec mes félicitations »... Je sens à nouveau des larmes tièdes me couler sur les joues. « De quoi donc suis-je inconsolable, me dis-je, de ne pas avoir ma fille avec moi, ou bien de l'attitude de mon époux ? » Je ne sais et décide, comme à mon habitude, de remettre à plus tard cette question qui me dérange. Les heures qui suivent semblent vouloir donner raison à mon amour irraisonné puisque je vois arriver Raphaël, alors que le soir n'est pas encore tombé. Il a cet air confus que je lui connais déjà et tient dans la main un petit paquet qu'il me tend avec hésitation, en plongeant son regard dans le mien. Je lis, dans les yeux bleus que j'aime, une infinie tendresse mêlée d'anxiété.

— Ouvre, murmure-t-il, j'espère que tu comprendras.

Dans l'écrin enrobé d'un joli papier bleu, je découvre un anneau orné d'un petit diamant. D'abord sans voix, je passe la bague à mon doigt puis je soupire en l'embrassant :

— Tu es gentil quand même.

— Pour avoir accouché d'une fille, je t'offre ce brillant, affirme-t-il ; lorsque tu me donneras un garçon, tu auras une grosse pierre bleue. Tu me feras bien un petit homme l'année prochaine, n'est-ce pas ?

À peine a-t-il fini sa phrase que la porte s'ouvre à nouveau pour laisser paraître un berceau transparent que pousse la femme en blouse rayée de rose. Ma fille y dort paisiblement sous un édredon, la tête coiffée d'un bonnet blanc. Un cri de joie jaillit de ma bouche :

— Bérénice !

— Eh oui ! affirme la femme au large sourire, nous pouvons vous la rendre. Elle se réchauffe, maintenant.

Émerveillée, je regarde Raphaël puis notre enfant que, curieusement, je n'ose prendre dans mes bras, par peur de la déranger ou peut-être de la casser, je ne sais. Debout, les mains sur la poitrine, je regarde alternativement le père et l'enfant, en savourant le bonheur de nous voir enfin réunis tous les trois.

— Elle est belle, ne puis-je m'empêcher de murmurer à l'adresse de Raphaël.

— Mais oui, elle est belle, notre fille, répond-il en écho.

Il me semble que nous sommes nimbés d'une aura de joie ; à nouveau, j'entends frapper à la porte. Sans avoir attendu de réponse, Bernadette apparaît, enveloppée d'un lourd manteau de fourrure qui accentue sa silhouette massive. Elle le pose sans précaution sur mon lit, dévoilant une ample robe anthracite censée masquer ses rondeurs et embrasse son frère sans mot dire. Puis, s'approchant du berceau, elle jette sur Bérénice un regard plein de mépris. Enfin, se tournant à nouveau vers Raphaël, elle affirme sur un ton péremptoire :

— Je me tais pour ne pas me faire virer.

Après quoi, me fusillant des yeux, elle ajoute :

— Je ne suis venue que par courtoisie ! Après ce que tu as fait à ma sœur !

— Il y a ici beaucoup plus de place pour l'amour que pour la courtoisie, m'entends-je répliquer, mais, si tu as décidé d'être polie, tu as le droit d'admirer notre merveille.

Alors qu'un ange passe, je prends la main de mon bébé et y dépose un doux baiser ; d'un doigt, je lui caresse la joue pendant que Raphaël, muet comme une carpe, observe Bernadette qui ouvre une bouche de poisson mort. Bien que le silence qui pèse entre nous devienne rapidement quasi insupportable, je continue de ne m'occuper que de notre enfant, tout en jetant vers le père des regards furtifs. C'est la première fois que je le sens si désemparé, il danse d'un pied sur l'autre comme s'il ne savait pas de quel côté penche son cœur. Le manège n'échappe sans doute pas à Bernadette, qui reprend son manteau avec un air de princesse offensée.

— *Bye*, lance-t-elle en se dirigeant vers la porte, puisque la vipère a décidé de cracher son venin, je n'en supporterai pas davantage.

— Non mais ! proteste Raphaël, furieux, en retenant sa sœur par la manche. Tu ne vas tout de même pas virer toute ma famille !

Sur quoi, Bérénice, réveillée par le bruit, se met à hurler elle aussi. D'instinct, je la prends sur mon cœur et la berce doucement en chantonnant :

— N'éveillez pas, non, ne réveillez pas l'amour qui dort.

La magique alchimie du corps à corps bercé par la mélodie fait son effet. Elle calme le bébé que je dépose dans les bras de son père. Décontenancé, il prend le précieux cadeau et tient la tête minuscule dans sa grande main. Il regarde sa fille avec un air inquiet et tendre à la fois qui me remplit de joie. Bernadette, elle-même impressionnée, quitte la pièce à pas de loup. « Nous voici enfin réunis en famille », me dis-je, pleine allégresse.

Dans les jours qui suivent, je reçois tour à tour la visite de mes parents, de Yolaine et de mes jeunes frères, qui s'émerveillent avec moi et me couvrent de cadeaux, tandis que ma belle-famille se tient à l'écart sur ordre du patriarche.

Ma mère poule

Trois à la maison ! Quel bonheur ! Bérénice a scellé la famille que nous voulions fonder.

Je suis dans cet état d'esprit lorsque nous franchissons le seuil de notre appartement, rue de Vaugirard. Muet, Raphaël pose avec moi le couffin sur la moquette tête-de-nègre pendant que, certaine qu'il partage mon émotion, je m'apprête à l'embrasser. Me repoussant, il se dirige vers la cuisine :

— Allez, assez perdu de temps, je vais bosser.

Il en revient en rotant avec une bière qu'il boit à même le goulot, et ajoute :

— J'ai du boulot, moi ! Je ne suis pas en congé de maternité, moi !

Médusée, je le vois poser la bouteille sur le sol et partir sans un regard pour sa fille. En prenant dans mes bras notre bébé, je me dis, pour me rassurer : « Il a sur les épaules une énorme charge de travail ; il veut assurer à notre enfant une vie confortable, c'est ça qui l'inquiète... »

Pendant les jours et les semaines qui suivent, il adopte toujours la même indifférence envers Bérénice, alors même que celle-ci ne cesse de progresser : je note ses premiers regards, ses premiers gazouillements, son premier sourire. Tout est neuf, tout est beau, tout est simplement délicieux dans la merveilleuse découverte de sa personne et je voudrais que Raphaël partage son éveil à la vie. Mais il se dit débordé de travail et ne revient que tard le soir, alors qu'elle dort... À l'adresse de sa famille ou de ses amis, il a beau proclamer haut et clair que « c'est merveilleux d'être père », il n'accorde pas la plus petite attention à sa fille.

Ce soir-là, notre bébé a déjà deux mois. Une fois de plus, je constate, à ma montre, qu'il est plus de dix heures. Comme d'habitude, le repas est prêt, le couvert mis sur la table de la cuisine, et je m'occupe en repassant la layette. À pas feutrés, je vais ranger les vêtements minuscules dans les trappes du faux plancher puisque je n'ai pas de placard. Méthodiquement, je les empile, blessée de l'absence de Raphaël. Mais comme d'habitude aussi, je me convaincs que « son devoir l'appelle », comme on dit. Et puis l'appartement tout entier est empreint d'une présence merveilleuse : celle de notre fille. Auprès d'elle, je me sens enrobée d'une bulle de tendresse. Au fond du cœur, je ressens une joie que rien ne saurait altérer. « Quel cadeau ! » me dis-je en terminant mon ouvrage et en me dirigeant vers mon bébé. Et je suis là, comme souvent, les bras croisés sur la poitrine, contemplant notre enfant dans l'abandon de son sommeil, lorsque, tout à coup, j'entends bruyamment claquer la porte d'entrée.

— Chuuut ! ne puis-je m'empêcher de dire en posant un doigt sur mes lèvres.

— Tu m'emmerdes ! tonne Raphaël, on ne peut plus vivre, ici !

Évidemment, Bérénice, éveillée par l'exclamation, se met à pleurer. Instinctivement, je la prends et la berce.

— Qu'est-ce que ça veut dire ? Repose-la ! hurle alors le père. Un bébé, ça braille ! C'est comme ça que ça se fait les poumons ! J'ai faim, moi ! T'as rien foutu de ta journée mais j'ai pas arrêté de bosser, moi ! Et je vais bouffer tout seul, une fois de plus !

Loin de la reposer, je continue de calmer Bérénice. Il tourne les talons, mais je le retrouve quelques minutes plus tard, toujours maugréant derrière son assiette. Délaissant le repas que j'avais préparé, il a sorti du placard une boîte de sardines à l'huile. En le voyant les tartiner sur du pain beurré, je comprends qu'il affiche une vie de célibataire pour bien me montrer que je ne m'occupe pas de lui. Ne sachant comment calmer sa mauvaise humeur, je tourne dans la pièce lorsqu'il annonce :

— Je viens d'aller souhaiter un bon anniversaire à Bernadette ! Tu aurais pu au moins lui donner un coup de fil, quand même ! Évidemment, tu n'y as pas pensé... Mère poule ! Depuis que tu as pondu, il n'y en a plus que pour ta fille !

J'encaisse. Il est vrai que j'avais complètement oublié cette date. Alors que je m'assieds pour m'apprêter à plaider coupable, Raphaël, en pleine mastication, reprend la parole :

— Ça fait l'unanimité dans la famille : tu es trop mère et pas assez épouse. Nous avons trouvé une solution intelligente pour te séparer un peu de ta fille. Inès propose que nous la rejoignions aux Antilles où son mari fait, comme tu sais, son service militaire au titre de la coopération. Jeannine s'occupera de Bérénice. Tu es contente, hein, de faire un beau voyage ? Et moi, je veux retrouver une vie de couple.

Atterrée, je pioche dans la salade composée que j'avais posée sur la table. « Bérénice entre les mains d'une autre, de Jeannine, en plus ! Et puis, tu parles d'une vie de couple ! Aller chez ma belle-sœur ! » me dis-je en silence. Sur ces terrains-là, je sais que je suis perdante. Je pense pourtant pouvoir trouver une parade en expliquant, le nez plongé dans mon assiette :

— Bérénice n'a pas encore atteint le poids d'un bébé de son âge, elle ne pèse que quatre kilos, c'est insuffisant pour ses deux mois. Le pédiatre pense qu'il est important que je continue à la nourrir.

— Eh bien, tu vas la sevrer quand même, affirme tranquillement mon mari en avalant déjà son dessert, elle n'en mourra pas. Mes sœurs n'ont jamais pu donner le sein à leurs enfants et ils se portent bien.

Me laissant alors devant les reliefs de son repas, il quitte la pièce. J'entends le son de la télévision. Je sais que la conversation est close : il ne reviendra pas sur sa décision, je ne pourrai pas le faire changer d'avis. J'ai l'appétit coupé. Et un flot de larmes coule sur mes joues, tandis que je fais la vaisselle. J'en ai marre que ma belle-famille se mêle sans cesse de nos oignons ! Marre que Raphaël préfère aller voir sa sœur plutôt que de rester avec sa femme et sa fille ! C'est qui sa famille, à la fin ? Celle qu'il construit ou celle d'où il vient ? Et puis, j'en ai marre qu'il prétende sans cesse que je ne fiche rien ! Les couches, les courses, le ménage, le bain, les changes, les tétées, je n'arrête pas de la journée ! Il ne se rend pas compte !... Qu'il ne voie rien de l'ouvrage que je fournis, passe encore, mais au moins qu'il soit attentif à notre merveille !

Pour me calmer, je tente de réfléchir. Il me paraît alors évident que plus je le sens éloigné de Bérénice, plus je la dorlote, plus je la dorlote et plus il s'éloigne d'elle et de moi. « C'est le serpent qui se mord la queue », me dis-je en essuyant mes yeux et ma dernière assiette.

Lorsque je me rends dans notre chambre, je vois Raphaël affalé sur nos deux oreillers, regardant encore la télé :

— Alors, mère poule, ça te tente quand même, les cocotiers, le sable chaud, hein ? Chez les Taquet, on a de bonnes idées, non ? Tu vas voir, je vais te faire un fils là-bas, rit-il en me voyant.

Les larmes à nouveau viennent ruisseler sur mon visage : je m'en moque, pour l'instant, d'avoir un fils. Je veux d'abord qu'il soit pour sa fille un père à part entière. Pour tenter d'expliquer ce que je ressens, j'ouvre la bouche, mais je n'ai pas le temps de dire un mot qu'il ajoute :

— Tu te rends compte que c'est un peu maladif, cet amour irraisonné pour ta fille ?

Malgré les hoquets qui me secouent, je parviens à articuler :

— J'aimerais que tu t'occupes d'elle un peu plus.

— Je m'en occuperai quand elle sera intéressante, affirme-t-il. Pour l'instant ça n'est qu'une larve qui bouffe et qui chie, c'est tout.

— Mais non ! Si tu voyais comme elle regarde partout, comme elle gazouille ! Tu pourrais la changer, lui donner son bain, tu verrais !

— Ça n'est pas le boulot d'un homme de torcher les mômes, réplique-il sur un ton sans appel. Si tu veux me foutre en colère, continue à m'expliquer comment je dois vivre. Et puis, tiens ! tu me fais chier, je me casse, ajoute-t-il en enfilant ses chaussures, occupe-toi de ta pisseuse.

À nouveau, la porte claque. À nouveau, Bérénice se met à pleurer. À nouveau, je la prends et la berce, en pleurant moi aussi.

Le lendemain matin, j'entends la clef tourner dans la serrure alors que je donne le sein à notre bébé. La porte encadre un énorme bouquet, derrière lequel mon mari s'efface.

— Pour vous deux, dit-il en me tendant les fleurs. Tu vois que je vous aime.

Un mois plus tard, Bérénice est sevrée, les bagages sont prêts, nous partons pour Sixe avant de nous envoler vers la Martinique malgré nos maigres finances. J'ai obtenu que maman garde notre fille plutôt que de la confier à Jeannine, mais je n'ai rien pu faire pour éviter ce voyage qui me met le moral dans mes chaussettes.

Mon boulet

Le 2 mai 1973, juste treize mois et demi après la naissance de Bérénice, j'ai dans les bras un poussin couronné d'un fin duvet d'or que son pyjama jaune clair met en valeur. Blonde autant que sa sœur est brune, Agathe a reçu en héritage les grands yeux bleu clair de la famille Taquet. Je n'en reviens pas que l'on puisse avoir deux enfants aussi jolies que différentes quand, m'arrachant à ma contemplation, s'ouvre la porte de ma chambre rose. Jeannine apparaît dans une de ses éternelles tuniques chinoises qui seyent si mal à ses rondeurs. La tête raide, elle vient à moi de son pas toujours si sec et ricane :

— Alors, il paraît que tu as encore mis bas une fille !

Je n'ai pas le temps de répliquer qu'apparaît Raphaël. À peine a-t-il franchi le seuil que Jeannine intervient :

— Elle est mignonne, celle-ci ! Elle te ressemble.

— T'as raison, réplique le père, un rictus aux lèvres, elle a tout l'air d'un garçon manqué.

— Non ! réponds-je immédiatement sur un ton vif, elle a tout l'air d'une fille réussie.

En face de moi, je vois deux mâchoires se contracter, deux paires d'yeux me fusiller du regard ; aussi, par peur que ne se reproduisent les scènes de la naissance de Bérénice, je tais mes pensées. Laissant le frère et la sœur à leur conversation, je berce mon enfant en silence.

Soumission inutile puisque, six jours plus tard, de retour à la maison, je n'obtiens pas l'effet escompté. Bernadette est là, plantée dans l'entrée, tenant Bérénice par la main. Sans doute s'est-elle précipitée en entendant la clef dans la serrure puisqu'elle s'écrie, en nous voyant :

— Ah ! vous voilà enfin !

Puis elle ajoute, à l'adresse de mon mari :

— Dépêche-toi ! Tu sais bien qu'Inès nous attend pour arroser la naissance de ta fille.

— J'arrive, répond Raphaël en attrapant un pull sur la patère.

J'ose un timide :

— Et nous ?

— Vous ? Mais il y aura trop de bruit, ma chérie, avec les copains de la fanfare !

Me plantant là avec mes deux bébés, il lance par la porte entrouverte :

— Ne m'attends pas, je risque de rentrer assez tard.

Les bras ballants, je regarde le couffin où dort Agathe. Bérénice, qui s'est précipitée dans mes bras, m'enlace le cou, comme pour me consoler. Puis, elle pose la tête sur mon épaule en gazouillant :

— Ma *mama*.

La chaleur de son petit corps apaise mon chagrin, calme mon désarroi et m'interdit de penser plus avant au départ incongru de son père. Reprenant mes esprits, je vais chercher, au-dessus d'un placard de la cuisine, le paquet que j'avais préparé pour elle en pensant fêter à quatre l'arrivée du nouveau-né.

— Je te rapporte deux cadeaux, mon cœur, lui dis-je en descendant de mon tabouret, ceci et une petite sœur.

Ravie, elle déchire le papier et découvre une poupée de chiffon qu'elle prend en souriant, puis nous allons lever Agathe que je mets dans les bras de sa sœur en l'installant confortablement dans un pouf mou. Leur câlin forme un tableau ravissant. Je songe encore malgré moi, en pensant à Raphaël : « Si tu choisis tes sœurs plutôt que tes enfants, tu ne sais pas ce que tu rates, mon vieux. »

Le lendemain matin, j'ai devant moi un mari ébouriffé qui prend son petit-déjeuner en avouant un fort mal à la tête. Je me mets un bœuf sur la langue pour me taire sur son escapade afin d'éviter sa vindicte. Il a manifestement la gueule de bois et regarde d'un œil glauque le verre plein de bulles où fond l'aspirine effervescente pendant que j'avale mon café au lait. Au bout d'un moment, le silence me pèse tant, que je ne puis m'empêcher de lâcher :

— Les paradis artificiels te valent apparemment plus d'ennuis que les simples bonheurs familiaux !

— Va te faire foutre, mon boulet, hurle-t-il alors. T'as vu à quoi tu ressembles ? Et par-dessus le marché, t'es agressive ! Tu passes ta vie à récriminer ! Tu n'es jamais contente ! Est-ce que je râle sur ta nourriture de merde, moi ! J'en ai marre des cochonneries que tu fous dans mon assiette ! T'as pas compris ?

À peine a-t-il fini sa phrase que d'un revers de main il balaie la table, brisant du même coup tout ce qui s'y trouvait, puis quitte la pièce en vitupérant :

— Bon sang ! qu'elle me fait chier, cette emmerdeuse !

Des pleurs viennent de la pièce d'à côté où je me précipite en entendant vociférer derrière moi :

— C'est ça, va torcher tes mômes !

Lorsque j'arrive dans ce que l'on appelle pompeusement « la chambre des filles », Bérénice est debout dans son lit à barreaux et me tend les bras.

— Ma *mama*, pleure-t-elle.

Agathe hurle aussi. Il me semble un instant que je ne sais plus où donner de la tête mais, dans la minute qui suit, j'ai, dans chaque bras, une fillette que je berce en marchant. Pendant qu'instinctivement je chantonne, je sens la tête de l'aînée se poser sur mon épaule et son corps se ramollir. De l'autre côté, je vois se fermer les yeux du bébé, elles dorment. Posément je recouche d'abord Agathe, puis Bérénice, enfin je les borde. Longuement, je les regarde. « Elles sont toute ma joie », me dis-je. Mais je sens une main sur mon épaule. Je me retourne, Raphaël est là, derrière moi, il pleure. Pour ne pas éveiller à nouveau les petites, je l'entraîne vers la cuisine où nous nous installons derrière la table ignorant les débris qui traînent à terre. La tête entre les mains, mon mari sanglote à présent. Prise au dépourvu, je sens la compassion m'envahir l'âme et lui demande :

— Qu'est-ce qui se passe ?

— Depuis que les enfants sont nées, je ne compte plus et tu détestes ma famille, répond-il, les yeux mouillés de larmes. C'est ça qui me met en colère. Je ne me sens plus chez moi, il n'y en a que pour elles, tu me rends malade.

Prenant mon souffle, je propose :

— Si nous prenions un peu de temps pour nous ? Si nous partions en vacances ? C'est encore possible puisque je suis en congé de maternité.

À ma grande surprise, il acquiesce. Nos finances ne sont pas bien prospères mais sa marraine, qu'il appelle « tante bonne », est célibataire et possède une villa à Saint-Manoir, au bord de la mer. Elle nous la laissera pour un loyer modique, il en est sûr ; nous partirons dès que possible.

Le 15 juin, j'ouvre des volets verts dans la pure lumière d'un petit matin de sable fin. Une fragrance de pin sylvestre mêlée d'acacia flotte dans l'air tandis que des mouettes crient au loin. Sur la terrasse, je vois Raphaël préparer ses cannes à pêche.

— Au moins, tu auras de quoi manger, me dit-il en riant.

Les enfants s'éveillent et je le rejoins avec une fille dans chaque bras.

— Mon papa, s'écrie Bérénice en l'embrassant.

L'air est si doux que nous prenons dehors notre petit-déjeuner puis nous parcourons lentement à pied les trois cents mètres qui nous séparent de la plage. Bérénice trotte devant nous, va, vient et nous amuse, tandis qu'Agathe dort dans le couffin dont nous tenons chacun une poignée. Bientôt je la surveille à l'ombre d'un parasol tout en jouant avec sa sœur que j'amuse avec des pâtés. Leur père au bord de l'eau envoie ses lancers. L'endroit, quasi désert à cette époque de l'année, se donne un air paradisiaque. Seules quelques personnes se promènent, parfois accompagnées d'un chien. De rares touristes se dorent au soleil. Au loin, une voile blanche avance, bercée lentement par les flots. Après un pique-nique, nous ramenons les enfants au frais pour la sieste et retournons le soir à la plage jusqu'à ce que le soleil colore l'horizon de ses reflets parme et roses.

Aucun nuage dans le ciel de soie pour changer notre programme les jours suivants. Raphaël revient toujours bredouille mais ces échecs très relatifs n'entament pas sa bonne humeur. Je me sens si heureuse qu'il me vient à l'idée en rêvant que nous pourrions acheter une ruine dont la reconstruction cimenterait notre famille et nos amours. « Comme les affaires de Raphaël semblent s'arranger, me dis-je, et que j'ai mis, tous les mois, un peu d'argent de côté sur mon salaire de professeur, j'ai maintenant un petit pécule. Ce serait merveilleux de restaurer une maison. » Je n'ose cependant lui confier cette idée, par peur de rompre les instants magiques, jusqu'au soir où une sole suicidaire vient mordre à son hameçon. Il triomphe et porte son trophée avec un bonheur si manifeste que rien ne semble pouvoir l'entamer.

— Cette région est merveilleuse, lui dis-je en servant son poisson, c'est ici que j'aimerais construire notre maison.

Ahurie, je l'entends répondre :

— C'est une idée... si je te donne un os à ronger, tu me foutras la paix. Il ne serait peut-être pas impossible de trouver quelque chose dans l'arrière-pays.

N'entendant que ce qui me fait plaisir, je saute de joie au point que, dès le lendemain, en quête de notre bonheur, nous parcourons la région. Rapidement, je tombe amoureuse d'une vieille ferme à l'abandon qui ne déplaît pas à mon mari et qui offre l'avantage d'un prix particulièrement bas, étant donné l'état de délabrement dans lequel elle se trouve.

— Je passerai ma vie à la reconstruire, dis-je, pleine d'un enthousiasme si contagieux que Raphaël cède.

Nous concluons l'affaire.

— À ce prix, tu finiras bien par me donner un fils, n'est-ce pas ? lance-t-il avec un sourire.

Le soir, nous sablons le champagne pour fêter notre acquisition et il m'enlace, plus amoureux qu'il semble ne l'avoir jamais été.

Comme le poète, j'aurais souhaité que le temps suspende alors son vol mais, malgré mes désirs, il ne nous faut que trop tôt regagner la capitale.

Ma pauvre crotte

Mi-novembre, l'automne n'a pas encore fini de balayer les feuilles mortes que je retrouve le même service de l'hôpital Saint-Vincent-de-Paul. Mais c'est pour un curetage, cette fois : j'ai fait une fausse couche.

La pluie fouette les carreaux de ma chambre solitaire, en ce mois aussi noir que mon moral. J'essaie de me consoler en me disant que le gros client de Raphaël a pris la fuite et qu'il eût donc été difficile de nourrir une bouche de plus. Sur ma table de nuit en Formica cernée de barreaux en inox, je prends le livre que j'ai apporté pour me changer les idées. Je pianote sur la couverture en rêvant, puis, morose, retourne mon bouquin, regarde la quatrième et le plafond, avant de reposer l'ouvrage inutile. À ma montre, je vois qu'il est cinq heures de l'après-midi, je n'ai même plus le cœur à lire. Je m'ennuie dans cette chambre sans vie, alors que la nuit tombe déjà. Je songe que mes deux filles sont dans les mains de Jeannine, à qui leur père les a confiées sans me consulter. J'espère qu'Agathe ne sera pas gâtée au détriment de Bérénice, qui n'est toujours pas mieux acceptée par ma belle-famille. « Pauvre chou, je ne comprends pas ce qu'elle leur a fait », me dis-je, lorsque Raphaël entre dans la pièce comme un boulet de canon. Il garde sur le dos son imperméable trempé, plonge ses mains dans ses poches et porte sur son front cette barre de mauvais augure qui m'inquiète.

— Alors, tu te plains à ton médecin, maintenant ! éructe-t-il immédiatement sur un ton plein de colère.

— Moi ? Mais non, pourquoi ?

— Il paraît que tu n'es pas une lapine et que si je veux te tuer, je n'ai qu'à continuer à te faire des enfants tous les ans.

— Ah bon ?

— Tu m'énerves avec tes airs innocents ! Et puis, après tout, il a raison, cet abruti de toubib ! Tu n'es même pas une lapine ! Tu n'es qu'une pauvre crotte ! Allez, salut ! Je suis pressé ! D'ailleurs, je n'aurai pas le temps de venir te chercher demain ! Le métro est direct, ça ne te fatiguera pas !

Il file aussi vite qu'il est arrivé et me laisse pantoise devant la porte où je cours, pieds nus, en chemise de nuit, pour lui demander plus d'explications. Peinée autant que perplexe, je rentre enfiler une robe de chambre et des chaussons, puis je me rends dans la salle des infirmières et demande à quel moment je pourrai rencontrer mon gynécologue.

— Dès ce soir, madame, répond une des aimables femmes en blanc. Il va revenir pour sa contre-visite.

Alors que je noie de mes larmes la soupe que l'on m'a servie sur la table amovible installée au-dessus de mon lit, je vois en effet arriver sa haute silhouette rassurante et trapue. Son stéthoscope autour du cou, il s'appuie sur le mur en face de moi.

— Allons, allons, dit-il, je vois que votre mari vous a fait la commission. Vous savez qu'avoir un enfant de plus mettrait votre vie en danger. Je conçois que vous en soyez affligée, aussi devez-vous songer à vos deux belles petites filles pour vous remonter le moral.

L'image de Bérénice et d'Agathe calme un instant le chagrin... jusqu'à ce que réapparaisse celle de Raphaël. Malgré tout, j'arrive à hoqueter, entre deux sanglots :

— Mon mari est furieux.

— Je sais, répond posément le toubib, j'ai vu. J'ai dû lui dire, avec des termes durs, qu'il n'avait pas épousé une « lapine ». Il doit comprendre que votre corps ne lui appartient pas et il faut que vous l'entendiez aussi. Tenez, j'ai préparé une ordonnance afin que vous preniez dorénavant une pilule contraceptive. Allez, courage, à vous de jouer, maintenant !

Le lendemain, c'est seule et triste que je regagne la rue de Vaugirard. Je n'ai pas osé téléphoner à mon mari pour lui intimer de venir me chercher. Je me rassure en pensant que les nécessaires explications trouveront un meilleur accueil au foyer. Mal m'en prend puisqu'en rentrant je trouve Jeannine « chez son frère », comme elle dit. À peine ai-je franchi la porte que je la vois jouer à la poupée avec mes enfants. Immédiatement, elle persifle :

— Alors, il paraît qu'on n'est même plus foutue de faire des gosses !

Je n'en attendais pas moins d'elle, ce qui fait que je réponds sur le même ton :

— Eh bien ! au moins, ça m'évitera de m'entendre dire au boulot que je passe ma vie en congé de maternité.

Mais, au fond de moi, j'ai honte de ce ventre devenu inutile et j'ai de la peine. Sans doute Jeannine lit-elle mes sentiments sur mon visage car, en me regardant d'un air triomphant, elle hausse les épaules et me toise avec dédain, puis elle tourne les talons et part en claquant la porte. Bérénice, sentant vraisemblablement la tension, se précipite alors dans mes bras et m'entoure le cou en répétant dans son jargon d'enfant :

— Oh ! ma *mama, ti* t'aime, *ti* t'aime, *ti* t'aime.

— Moi aussi, je t'aime, petit trésor, lui dis-je en la berçant, puis je me penche vers Agathe que je prends aussi et m'assieds sur la contremarche du salon avec chacune de mes filles sur un genou.

Elles sont ma consolation dans cette vallée de larmes, ma joie, le seul et vrai bonheur que m'a donné leur père. Est-ce à ce titre que je veux encore construire avec lui cette famille à laquelle je tiens tant, je ne sais, mais ce dont je suis sûre, en revanche, c'est qu'elles aussi sont maintenant partie prenante dans l'histoire que j'écris avec mon époux. C'est dans cet état d'esprit que, malgré l'épuisement qui me gagne, je finis par me rendre à la cuisine où je retrouve un réfrigérateur absolument vide. Il me faudra donc sortir acheter au moins de quoi dîner. Comme j'en ai pris l'habitude, je descends attentivement les marches avec mes précieux fardeaux dans les bras. Au pied de l'escalier, je couche Agathe dans le landau et assieds Bérénice sur une petite chaise qui s'adapte dessus.

— En route pour le magasin, leur dis-je d'une voix que je veux pleine d'entrain.

Dans le magasin, il me semble que je vais m'évanouir à chaque rayon tant je suis fatiguée, aussi fais-je mes courses en hâte, sans trop réfléchir à ce que j'achète.

C'est d'un pas lourd que je m'apprête à remonter les deux étages qui me conduisent à mon appartement. Encombrée de paquets que je tiens d'une main, tandis qu'Agathe s'assied sur l'autre avant-bras, je guide les pas de Bérénice en lui interdisant de mettre la tête entre les barreaux de l'escalier.

Il me faut encore baigner les enfants avant le retour de Raphaël, préparer leur repas avant le nôtre et mettre un peu d'ordre dans l'appartement pour éviter des remontrances qui me seraient plus pénibles encore que d'habitude. Et puis je suis crevée et j'ai envie de me coucher de bonne heure, c'est pourquoi je mets un zèle particulier à effectuer toutes ces tâches.

Raphaël n'est pas encore rentré que les filles sont déjà couchées. La demie de neuf heures est passée, j'ai faim, j'ai sommeil et je me demande ce qu'il fabrique mais je n'ose toujours pas téléphoner à son atelier, par crainte de « déclencher sa colère ». Je voudrais pouvoir calmement discuter avec lui de ce que je vis mal dans notre couple et je pense mettre toutes les chances de mon côté en ne l'indisposant pas. Aussi je mets la table avec un soin particulier malgré ma lassitude. Tout étant prêt, je vais me reposer au lit où les bras de Morphée m'entourent immédiatement malgré moi.

Une voix de stentor me réveille en sursaut :

— Qu'est-ce que tu fous ?

Raphaël est là, comme un géant au-dessus de moi.

— J'étais crevée, lui dis-je en me levant, je me suis endormie sans m'en rendre compte.

— Tu n'étais pas fatiguée pour envoyer chier ma sœur ! Et puis, papa m'a dit que tu n'avais pas encore payé le loyer ce mois-ci !

— Il est pressé ? Parce qu'il crève de faim, ton père, dans ses six pièces du 16e arrondissement ? réponds-je malgré moi.

La gifle m'arrive dans la figure, sèche et brutale. Une autre suit.

— Pour faire la paire ! rugit mon mari.

Puis il me prend par les cheveux et me maintient debout, le cou tordu, alors qu'un violent coup de pied me botte les fesses puis l'arrière des genoux. Je m'écroule. Je sens ses chaussures me labourer les côtes, tandis que je me protège instinctivement la tête avec les bras.

— Voilà ce que tu mérites ! Pauvre crotte ! hurle mon mari en me crachant au visage.

Je ne suis bientôt plus qu'une petite boule terrorisée qui se recroqueville. Un choc sur la tête me donne le vertige, j'entends une porte qui claque, puis, plus rien.

Lorsque je reviens à moi, un calme étrange règne dans l'appartement. Je suis à terre mais c'est ma vie qui gît avec moi sur la moquette. Je vois autour de moi les murs se balancer étrangement, j'ai envie de vomir. « C'est lui qui m'a fait ça, me dis-je en un sursaut, non, ça n'est pas possible ! » Sans bouger, je ferme les yeux : Raphaël apparaît, immense, défiguré, criant, avec un rire démoniaque : « Pauvre crotte ! » J'ouvre péniblement les paupières pour chasser l'image, le plafond tourne. Comme pour m'arracher à ce cauchemar, je décide de me relever. Péniblement, je m'appuie au bord du lit malgré la douleur insupportable qui envoie dans tout mon corps ses lames aiguisées. En sueur, je m'assieds au bord du matelas et je pleure. Les larmes, sans tarir, creusent leur sillon sur mes joues. De la langue, je tente de les récupérer comme une eau salée qui m'apaise. Un long moment, je reste là, pantelante, anéantie, avec cette fontaine qui sort de mes yeux comme une onde tiède. Je n'existe plus qu'à travers cette fine pluie qui arrose indéfiniment ma figure et mon cou. Tout à coup, je pense à mes filles, en un élan je rassemble le peu de forces qui me reste et je me traîne auprès d'elles en titubant. Elles dorment sur le dos, les bras au-dessus de la tête, ignorant tout du malheur.

— Pauvres chéries, pauvres anges, leur dis-je en un murmure, heureusement que vous ne savez pas.

Puis j'ajoute, alors que mes larmes redoublent :

— Dire que c'est votre père qui m'a fait ça !

Pendant un long moment, je les contemple sans bouger, parce que tout mon corps me fait mal mais aussi parce qu'elles me rassurent sur ma capacité à rebondir. Pour elles, je sais que je tiendrai debout. Dans cet état d'esprit, je fais l'effort de me rendre à la salle de bains, malgré l'insupportable douleur qui me tenaille. Penchée au-dessus du lavabo, je rince mon visage meurtri qu'inévitablement, en levant les yeux, je vois dans la glace. Le coquard apparaît, énorme, monstrueux. Le miroir me renvoie l'image d'une femme laide à faire peur.

— Je suis moche, moche, moche, dis-je à voix haute.

Je me sens petite, minable, incapable, nulle. « Nulle à chier », comme dit souvent Raphaël, et j'ai honte. Je ne ressemble à rien, je ne suis plus rien. Meurtrie, impuissante, anéantie et terrorisée, il ne me reste plus pour m'apaiser que l'innocence de mes deux filles, inconscientes de l'horrible scène.

— Mes chéries, mes trésors, mon seul et vrai bonheur, vous êtes toute ma vie, m'entends-je murmurer.

Alors que les larmes me noient toujours le regard, je rejoins à nouveau leur nid de grâce et d'insouciance. Je sens que, paradoxalement, elles deviennent mon soutien et me réconfortent. « Ce devrait être l'inverse », me dis-je, mais, instinctivement, je vais chercher les poufs mous pour m'installer auprès d'elles et tente de m'y caler en cherchant une position qui puisse atténuer les maux de mon corps, sans rien pouvoir, je le sais, contre ceux de mon âmc. C'est le ciel qui m'est tombé sur la tête ou bien la terre qui s'est entrouverte et ne tourne plus rond.

Ma pauvre loque

Toute la nuit, je songe, sans faire la part du cauchemar et celle de la réalité. Je revois Raphaël en rage, énorme, monstrueux, puis à nouveau tendre, souriant, merveilleusement facétieux. J'entends la voix rêche de mon beau-père : « On ne fait pas toujours ce qu'on veut dans la vie, la gourmandise est un vilain défaut, tel qui rit vendredi dimanche pleurera. »

Entre veille et sommeil, je ne sais plus si j'existe, je ne sais plus qui est mon mari mais son image me hante et la peur me ronge.

Au petit matin, j'entends le bruit caractéristique de la clef dans la serrure. Un frisson me parcourt. Des pas feutrés glissent sur la moquette. L'angoisse me serre la gorge et la poitrine, je vois apparaître Raphaël, pantelant. À l'inverse de la veille, il a le visage ravagé de chagrin, il pleure, se mouche et finalement soupire :

— Viens, ma chérie, il faut que nous parlions.

Pour éviter que les enfants ne s'éveillent, je me rends avec lui dans la pièce à côté, malgré la souffrance que me fait endurer le moindre mouvement.

— Je t'aime, affirme Raphaël, tentant de m'enlacer.

— Curieuse façon de m'aimer que de me taper dessus, m'entends-je répondre en m'éloignant de lui.

— Tu vois comme tu es désagréable, pleurniche-t-il, c'est toi qui me pousses à de telles extrémités.

— Moi ?

— Mais oui, toi. Tu es d'une violence inouïe avec ma famille, tu ne te rends pas compte.

Là-dessus, il éclate en sanglots et, d'une voix entrecoupée, déclare :

— Mes clients ont foutu le camp, rien ne va plus dans mon ménage, je n'ai que des emmerdes, il ne me reste plus qu'à me flinguer.

Muette, j'apprends que mon beau-père veut vendre l'appartement que nous occupons. Motif : nous payons mal notre loyer et il n'a aucune raison de favoriser l'un de ses enfants.

— Je suis désespéré, conclut mon mari, effondré.

Je n'ai pas eu le temps de réagir que je vois apparaître la petite silhouette de Bérénice en pyjama ; elle se jette dans les bras de son père et essuie ses larmes.

L'estomac noué, la gorge serrée, le corps en sueur, je sens la pâleur de la mort me monter au visage, la tête me tourne, je vais vomir.

Accrochée au rebord de la cuvette, dans les cabinets sombres, il me semble que les spasmes vont me faire sortir les tripes par la bouche. La pièce tangue bizarrement, devient floue, puis blanche et s'anéantit. Je sens mon corps mou s'effondrer. Quelqu'un me tapote les joues, je revois maman me soigner lorsque j'étais petite, puis j'entends une voix grave :

— Tiens, bois un peu de thé, ma pauvre petite loque.

Je soulève avec difficulté mes paupières de plomb. L'image déformée de mon mari apparaît au-dessus de moi. Un effort supplémentaire me permet de constater que je gis à terre. Raphaël, à genoux, tient d'une main un mazagran. De l'autre, il me soulève la nuque pour m'aider à avaler la boisson chaude et sucrée qu'il me présente. Il me porte jusqu'à notre lit. Bérénice nous suit comme notre ombre en traînant son petit mouton. Dès que je suis couchée, elle me le donne comme pour me réconforter, j'ai honte qu'elle me voie dans un tel état.

— Ne t'inquiète pas, affirme mon époux pour me rassurer, si papa trouve un acquéreur pour cet appartement, nous irons habiter chez nous, à la campagne, dans notre maison. C'est toi qui l'as voulue, après tout, cette ferme, tu seras contente là-bas, non ?

Qu'est-ce qu'il raconte ? A-t-il déjà oublié ce que nous venons de vivre ? J'ai mal entendu ou je deviens dingue ? Ah ! cette histoire de logement ? C'est ça qui le préoccupe ? Et nous, alors ? Notre couple, notre famille ? Je le regarde sans vraiment comprendre ce qui nous arrive, lorsqu'il annonce :

— Je vais lever Agathe.

Je n'ai pas encore eu le temps de reprendre mes esprits que je le vois revenir avec nos deux filles habillées de leurs manteaux. Il me prévient qu'il les emmène pour chercher « au moins de quoi déjeuner ».

— Tu vas pouvoir te reposer, ma loque chérie, affirme-t-il, je m'occupe de tout.

Privée de toute force, je me laisse emporter par le vertige qui me saisit encore. J'entends des murmures, le frais babil de mes enfants puis le son caractéristique de la porte d'entrée qui claque d'un bruit sec.

Le silence étend son long linceul sur l'appartement. Clouée comme un papillon épinglé sur mes deux oreillers, des idées folles me traversent l'esprit : Raphaël ne s'est jamais occupé des filles jusqu'à présent, comment va-t-il se débrouiller ? Et s'il voulait les confier à ses sœurs sans m'en rien dire comme il le fait d'habitude ? Les tenailles de l'angoisse me serrent la poitrine et me lacèrent les côtes. J'ai envie de faire venir un médecin pour me soigner mais je crains les représailles et puis, comment expliquer tous ces bleus ? Jamais je ne pourrai raconter la scène sordide… non, jamais. Il me semble que je suis seule au monde. Tout m'insupporte. Quelque chose ne tourne plus rond dans les synapses de mon cerveau plein de paradoxes : l'absence de mes enfants m'est intolérable mais je me sens incapable de m'en occuper ; j'ai envie qu'elles reviennent mais je ne veux pas leur montrer l'image d'une mère que je trouve indigne ; leur père est gentil aujourd'hui mais il me terrorise. J'essaie de dormir et de me vider l'esprit mais je ne peux pas. Mes propres pensées m'horripilent. J'ai mal à la tête, à l'estomac, au dos, partout. Je ne suis plus qu'une boule de nerfs endoloris lorsque Raphaël rentre, triomphant. Il porte Agathe sur un bras et tient dans l'autre maints paquets de nourriture et présents. Bérénice, tout heureuse, marche devant lui avec à la main un lys enveloppé dans du papier transparent.

— *Pou* ma *mama,* dit-elle en m'embrassant.

— Merci, trésor de ma vie, parviens-je à répondre en contenant mes larmes.

— Tu vois comme on t'aime, affirme mon époux.

Je suis bouleversée. Sur mes genoux, la longue fleur étire sa délicate blancheur, Bérénice, assise sur la moquette, suce son pouce, Agathe, à mes côtés gazouille et je vois mon mari planté là, devant moi, le dos voûté, les yeux larmoyants. Il se mord les lèvres, tortille ses rouflaquettes et me regarde tristement. Je le sens absolument déconcerté.

— Tu me pardonnes ? demande-t-il, avec au fond du regard une incommensurable tristesse, puis il ajoute, la larme à l'œil : Ne me cloue pas au pilori, c'est tellement humiliant de ne pas pouvoir payer le loyer de papa.

Sans m'avoir laissé le temps de la réponse, il s'en retourne et je l'entends sangloter. Émue, je le rejoins. Il s'affale sur la table de la cuisine, la tête entre les bras, Bérénice pleure aussi, assise sur sa petite chaise. « Pauvre con ! » lancé-je silencieusement à l'adresse du beau-père en rassurant ma conscience. En un éclair, j'ai ma fille dans un bras, de l'autre main je caresse les cheveux grisonnants de mon mari. À l'image de l'homme effondré que j'ai sous les yeux se superpose tout à coup celle de l'heureux pêcheur à la ligne. Le film de nos vacances au bord de la mer vient défiler dans mon cerveau avec la nette précision d'une réclame de voyagiste.

— Nous irons vivre là-bas, à la campagne, dis-je, consolatrice.

L'instant d'après nos trois corps enlacés ne forment plus qu'un hymne à la famille.

Pendant les soirées qui suivent, il n'est plus question désormais que de notre prochain déménagement. Effacés, les coups, je renvoie avec obstination les terribles images le plus loin possible de ma conscience. Raphaël, penché sur sa planche, dessine les plans de la maison telle qu'il l'imagine dans l'avenir. Nous n'avons pas un sou vaillant mais il me montre fièrement la perspective de l'aménagement intérieur qu'il a l'intention de réaliser à long terme. Il prévoit quatre chambres avec une salle de bains à l'étage dans l'actuel grenier à foin et un salon dans l'ancien chai attenant au rez-de-chaussée. À droite de l'entrée, nous aurons une salle à manger avec sa cheminée et à gauche, une grande cuisine qui nous permettra de prendre nos repas au quotidien. En face, les dépendances lui permettront d'installer son atelier. J'admire l'optimisme de mon mari, qui se projette dans le futur comme s'il avait tout à coup dix ans de moins, mais je me demande comment nous allons pouvoir vivre au présent dans une ruine au toit délabré dans laquelle n'arrive même pas l'eau courante. « On va aller arranger tout ça pendant une semaine pour préparer notre aménagement futur », me dis-je pour me rassurer.

Trois jours plus tard, nous filons sur la route, droit vers le sud-ouest. Il tombe des cordes, les essuie-glaces marchent à fond sur le pare-brise de la R5. Dans la voiture qui ronronne, les enfants dorment au chaud, la tête posée sur le côté de leur siège baquet. Nous avons quitté une capitale illuminée à l'approche de Noël pour nous plonger dans la nuit d'une route zébrée de larges gouttes que les phares éclairent. Les rares voitures que nous croisons envoient des gerbes d'eau à chacun de leurs passages.

Lorsque nous arrivons, des cornes de brume se font entendre au loin. Raphaël ouvre les contrevents qui grincent, la plupart des villas sont fermées, manifestement vides de leurs habitants. Aucun rai de lumière ne filtre à travers les volets clos, un triste lampadaire projette son halo jaunâtre sur la chaussée. L'endroit, qui me semblait si merveilleusement accueillant l'été précédent, me paraît aujourd'hui sinistre. « Jamais je ne pourrai habiter l'hiver dans une pareille région », me dis-je en grelottant devant la voiture. Les pleurs de Bérénice suivis de ceux d'Agathe me ramènent à la réalité. Pendant que je les enveloppe dans une chaude couverture, leur père se précipite vers le bûcher. Bientôt, les flammes réconfortantes illuminent la pièce qui sert à la fois de cuisine et de salle de séjour. Sur la nappe en vichy de la table fume le contenu, rapidement réchauffé, d'une brique de soupe. Agathe, sur mes genoux, boit goulûment son biberon ; Bérénice, assise sur une chaise et rehaussée de trois coussins, tient maladroitement sa cuillère.

— Elle est pas belle, la vie ! s'exclame Raphaël.

Le lendemain, le ciel a décidé d'étendre sa soie bleue au-dessus de nos têtes, comme s'il voulait lui-même nous donner l'envie de nous sentir chez nous à Saint-Pardon. Je bénis Yolaine, qui m'a offert des tenues de sports d'hiver bien adaptées au froid piquant qui brûle mes mains nues. Mes filles ressemblent à des bibendums ; on ne voit que leur frimousse, rosie par l'air vif. Bérénice joue d'un rien dans le jardin en friche, tandis qu'avec Agathe je contemple ma maison délabrée. Tracée comme un dessin d'enfant, elle m'offre son rectangle simple avec, en son milieu, une porte minuscule encadrée de deux croisées à petits carreaux – ou, du moins, ce qu'il en reste. Au-dessus, trois ouvertures étroites – dont la symétrie m'amuse – ventilaient sans doute le grenier à foin.

— Alors, t'es contente ? demande Raphaël en m'enlaçant les épaules.

— Oui, mais on ne manque pas d'ouvrage, réponds-je en lui montrant le toit à demi détruit.

— On ne manque pas non plus de courage, affirme mon époux.

Tous les jours de la semaine qui suit, nous vissons, clouons, scions, poussons avec ardeur les brouettes. Des bâches de plastique transparent assurent maintenant l'étanchéité des fenêtres malmenées. La porte d'entrée a retrouvé des gonds, le sol de ciment a pris une teinte rouge brique. En priant le bon Dieu pour qu'il ne pleuve pas trop, il ne nous restera plus qu'à donner un coup de peinture sur les murs pour avoir une chaumine habitable. À ceci près qu'il y manque l'eau courante mais qu'importe ! le puits, dont l'eau est par bonheur potable, fera un temps l'affaire.

Nous pouvons rentrer à Paris l'esprit tranquille, nous aurons un gîte quoi qu'il arrive.

Ma mule

Le 14 mai 1974, nous déménageons. Malgré un air très doux, le ciel nous envoie toutes les larmes de ses nuages. Maman m'aide en silence à charger les derniers bagages dans la voiture. Protégée par la capuche de son imperméable beige, elle pousse les valises, bloque méthodiquement la trousse de toilette des enfants dans le coffre plein à craquer et remonte avec moi, toujours muette. Dans l'appartement vide qui résonne de leurs cris, Bérénice et Agathe courent l'une derrière l'autre, s'attrapent, se roulent par terre en riant aux éclats. Il ne nous reste plus qu'à les laisser à leurs amusements en attendant Raphaël qui est parti avec le camion pour vider son atelier et en rendre les clefs. Debout, les bras ballants, maman contemple longuement les filles qui sautent maladroitement la marche.

— Elles ne survivront pas dans votre masure, affirme-t-elle d'une voix enrouée par l'émotion.

— Mais si, ma petite mère, ne vous inquiétez pas, bien des gens ont vécu là avant nous, ils n'en sont pas morts, que je sache.

Puis, observant les rides qui creusent son front, j'ajoute :

— Allons, ma mère, je ne pars ni dans le désert de Gobi ni au pôle Nord, quand même.

Je fais claquer un baiser sonore sur sa joue quand arrive Raphaël. Il marcherait sur des braises qu'il ne sautillerait pas plus nerveusement d'un point à un autre. Sans doute la présence de maman le dérange-t-elle. Il lui lance sur un ton désagréable :

— Je sais que je n'installe pas votre auguste progéniture dans un palais mais c'est comme ça, ma chère belle-mère, je ne suis pas un aristo, moi.

Puis il arrache brutalement les filles des bras de leur grand-mère et leur enfile rapidement les petits cirés jaunes qui traînent à terre.

— En route, dit-il, déjà sur le palier, on ne va pas s'éterniser en pleurnicheries de mauvais aloi.

Par la vitre de la voiture, j'étends le bras pour dire au revoir à maman, plantée là, sur le trottoir, comme un dieu Terme. Elle agite une main tremblante et j'ai le sentiment qu'elle pleure. Elle n'est bientôt plus qu'un point dans le long couloir de la rue de Vaugirard puis disparaît. Je serais triste si les rouflaquettes en bataille et la mâchoire contractée de mon mari ne m'inquiétaient. Dans les embouteillages, il klaxonne, prend les couloirs de bus pour doubler, envoie un ou deux bras d'honneur sans hésiter à faire des queues de poisson.

Je m'accroche à mon siège en surveillant Bérénice et Agathe bien sanglées dans le leur, sans oser manifester mes craintes. Je me tais pendant tout le trajet en voulant croire que mon mutisme l'invitera à s'apaiser, alors qu'il roule en excès de vitesse sans hésiter parfois à dépasser la ligne continue. Je ne vois rien du paysage qui disparaît derrière des rideaux de flotte mais j'entends mon époux :

« Elles auront bientôt fini de pleurnicher, les pisseuses... mais qu'est-ce qu'il fout ce con... alors, avance, eh ! connard !... Béret, va !... Tu me broutes les couilles, Duchnoque... Peine-à-jouir... Pisse-menu... Va te faire foutre, avec ta Citroën de merde ! » Inutile de lui indiquer que son vocabulaire sied mal à l'éducation des enfants, je me ferais traiter devant elles des mêmes noms d'oiseau. Je me sens la nuque raide, à m'en faire mal.

En début de soirée s'affiche enfin sous mes yeux le poteau indicateur de Saint-Pardon. Encore un petit virage et nous sommes garés chez nous, dans l'ancienne cour de ferme, alors que le ciel a décidé maintenant de se déverser entièrement sur le sol. Je couvre du mieux que je peux les filles et suis rapidement leur père en les serrant dans mes bras pour éviter qu'elles ne se douchent.

— C'est bien ce que je craignais, gémit Raphaël en ouvrant la porte de la maison, nous avons des gouttières.

Un long filet de pluie descend en effet du toit, traverse le plancher et s'étale dans l'entrée en une large flaque. Les mêmes causes produisant les mêmes effets, nous ne trouvons dans les deux autres pièces que quelques mètres carrés bien au sec. Sans doute aurais-je envie de me laisser aller au désespoir si je n'avais l'esprit habité d'une seule idée : chercher une solution pour mettre mes enfants à l'abri. Par bonheur, je me souviens que je m'étais amusée à conserver quelques vieilles cuvettes en émail, récupérées dans le grenier, lors de notre précédent séjour. Bientôt, elles recueillent en chantant de leur voix métallique les rubans d'eau que Jupiter nous envoie. Dans un calme très apparent, nous trions l'amas de bouts de bois, laissés dans ce que mon mari appelle pompeusement « la salle à vivre », pour monter en hâte les lits des petites, ouvrir une table de camping et des chaises pliantes. Nous dînons aux chandelles sur une table que je trouverais bien romantique, malgré les murs lépreux, si Raphaël, en face de moi, n'ouvrait pas la bouche que pour avaler ses plats à toute vitesse.

— C'est pas *zoli, sé* nous, affirme Bérénice dépitée.

— Ce sera très joli très bientôt, mon cœur, réponds-je d'une voix étranglée.

— Passe-moi le fromage, au lieu de raconter des conneries, s'écrie Raphaël en se curant les dents avec son couteau.

Cette fois, je sens la moutarde me monter au nez mais je ne veux pas d'esclandre devant les enfants et je sais que toute remarque ne ferait que l'irriter davantage, aussi je me tourne vers les filles et annonce, imperturbable :

— S'il fait beau demain, vous pourrez jouer dans le jardin, trésors.

— Dis donc, ma mule, tu ne crois pas qu'il y a assez de boulot pour éviter de s'éterniser en bavardages ? ajoute Raphaël qui a déjà terminé son dessert.

Il ne m'est évidemment pas possible de faire la moindre observation. Mon programme est de toute façon tracé pour les jours suivants : je vais construire avec mon époux un petit nid qui nous mettra du baume au cœur.

Levée dès le chant du coq, les jours suivants, j'entreprends d'abord de donner à notre masure un semblant de décor. D'abord, j'aménage nos deux seules pièces. Je les badigeonne de blanc puis j'organise d'un côté une chambre à coucher qui pourra aussi servir de salon avec les poufs mous. De l'autre, j'installe une vague cuisine et fabrique, avec la large planche posée sur des tréteaux, une table pour que nous y prenions nos repas. J'y pose une nappe en biais (sur un drap, pour la rendre plus agréable) et me confectionne des espaces de rangement avec d'autres planches plus étroites que je mets sur des briques. Afin de rendre l'entrée accueillante, je fais sauter les plaques d'Isorel qui entourent un bel escalier, que je cire avec acharnement non sans avoir bouché les orifices de l'étage.

Un maçon, qui par bonheur habite notre hameau, donne au toit un peu plus d'étanchéité, moyennant les quelques deniers qui me restent sur un livret de caisse d'épargne. Plein de pitié, il m'offre en prime de vieux parpaings et quelques anciens panneaux de bois que j'empile les uns au-dessus des autres pour ranger nos vêtements.

Pendant ce temps, mon mari travaille en face, dans les dépendances dont il a décidé de faire un « outil de travail ». J'en suis fort aise puisqu'il libère ainsi la maison de tous les meubles et instruments qui lui servent pour ses dessins et se défoule sur les murs de son prochain atelier. Le matin, il avale rapidement ses harengs trempés dans du café, déjeune à midi d'un sandwich et ne s'arrête que le soir, aussi harassé que moi.

Il arrive que je trouve le temps d'emmener Bérénice et Agathe en longues promenades, pendant que leur père éprouve le besoin d'« aller chercher son inspiration en solitaire », comme il dit. Les enfants me donnent des pâquerettes et des boutons-d'or aux tiges minuscules que j'accroche à mon corsage en les embrassant. J'en profite pour cueillir aussi de quoi faire de magnifiques bouquets champêtres qui égaient notre maison.

Ma meilleure connaissance du village me permet un jour de découvrir qu'un maraîcher habite non loin. Dorénavant, j'ai des légumes, presque à domicile, aussi frais et bon marché que le poisson de mon voisin marin pêcheur. Dans les champs, je ramasse des pissenlits que nous mangeons avec des œufs frais. À cent mètres de chez nous, le lait coule tiède du pis de la vache. Tous les matins, j'en trouve bientôt un bidon frais sur le pas de ma porte. Il me semble habiter un pays de cocagne où la vie s'écoule paisiblement – à ceci près que je n'arrête pas de la journée et me couche au soir épuisée. Comme une femme d'antan, je puise l'eau dans un seau que je remonte du puits en faisant grincer la poulie. L'effort me fatigue mais cette vie rustique ne me déplaît pas, même si je lave le linge ou fais la vaisselle dehors. Les filles prennent des couleurs et je me plais à contempler leurs joues hâlées. Lorsque le temps le permet, je les douche avec le tuyau d'arrosage que j'ai fait chauffer au soleil : ravies, elles crient alors de joie. Raphaël, dans ces moments-là, se montre d'une plus plaisante humeur.

— Le mois prochain, Jean-Pierre et mon cousin Paul nous offrent leurs vacances pour venir nous aider, annonce-t-il, un de ces soirs de juillet particulièrement doux où nous dînons dehors.

— Mais Jean-Pierre a une femme et trois enfants, réponds-je d'une voix hésitante. Où vont-ils loger ?

— Dans la maison, pardi ! Nous aménagerons le grenier en dortoir, réplique-t-il immédiatement sur le ton de l'évidence.

Malgré quoi, j'ose un timide :

— Dormir, d'accord, mais… comment ferons-nous pour nous laver ? pour préparer les repas ?

— Dis-moi tout de suite que tu ne peux pas les blairer et que tu ne veux pas les voir ! tonne-t-il alors.

Je me tais : une fois de plus, la peur est plus forte que la colère, la boule que je connais maintenant bien revient visiter ma gorge, le nœud trop habituel me serre aussi l'estomac.

Mon cul de plomb

Le 1er août, en début d'après-midi, arrive une fourgonnette verte qui se gare dans la cour. Jean-Pierre, vêtu d'un jean délavé d'où sort une chemisette écossaise, en descend le premier. Il est suivi de Marie, sa femme, toujours derrière lui comme son ombre, qui paraît aussi menue que fragile dans une légère robe fleurie. Puis je vois sauter tour à tour Rachel, cinq ans, Jérémie, quatre ans, et Anémone, deux ans, tous trois uniformément habillés de salopettes écossaises. Enfin, je vois apparaître le cousin Paul dont le short kaki, remonté sur une bedaine déjà forte, dévoile des jambes velues. Raphaël se précipite vers eux, bientôt rejoint par les filles qui jouaient dans le jardin. J'observe les embrassades par la fenêtre de la cuisine où je me sens comme tétanisée. Dans ma poitrine, mon cœur bat la chamade, j'ai peur. Quittant posément mon tablier pour calmer mes craintes, je m'oblige à me rendre vers la porte pour accueillir tout ce monde.

— Tu pourrais nous aider, mon cul de plomb, au lieu de rester plantée là comme un flan, lance mon mari en posant ses fardeaux.

L'obéissance m'étant devenue progressivement une seconde nature, je me rue vers la camionnette où Jean-Pierre, sans dire un mot, me fourre dans les bras des sacs de couchage que je vais déposer dans l'entrée.

— Non mais ! qu'est-ce que c'est que ce bordel ! invective Raphaël, qui arrive sur mes talons avec une autre cargaison. Tu ne pourrais pas installer le dortoir là-haut, non ?

« Cela commence bien », me dis-je, sentant que la complicité muette des deux frères va nous jouer des tours, tandis que Marie, qui nous rejoint flanquée de ses trois gosses, semble atterrée.

— Où sont les toilettes ? demande-t-elle.

— Dans le jardin, réponds-je, un peu gênée en reprenant mes paquets pour les monter à l'étage.

Me voilà rapidement devant un amas de sacs de ferraille et de tissus qui m'épouvante. Je m'époumone en soufflant dans les matelas pneumatiques et monte les lits de camp, tandis que les « hommes » poursuivent leur incessant va-et-vient. Progressivement, je parviens à aligner le tout en un ordre quasi militaire, non sans m'être maintes fois cogné la tête dans les poutres basses. Fière de moi, je pose dans le campement des torches électriques comme lampes de chevet, lorsque j'entends derrière moi un bruit sourd. Me retournant, j'aperçois Jean-Pierre à quatre pattes. D'une main, il se tient le front et paraît sonné. Un malencontreux éclat de rire part malgré moi de ma poitrine alors que mon beau-frère tonitrue.

— Je me fais mal et tu rigoles, espèce de salope !

Une cavalcade dans l'escalier que l'on monte précipitamment me momifie. Je vois apparaître mon mari avec son air des mauvais jours. Il vient à moi, le bras levé vers ma figure que je protège instinctivement des deux coudes puis, se ravisant, va vers son frère.

— Ça va ? Mon pauvre vieux, gémit-il en me jetant un regard furieux.

— Ça irait mieux si ta femme se foutait pas de ma gueule, répond Jean-Pierre qui se relève en se tenant la tête.

— Va donc chercher un cordial, cul de plomb ! hurle alors Raphaël à mon endroit, il est pas bien, ça se voit, non ?

Le dos courbé, je prends la tangente aussi vite que je le peux, dérape dans l'escalier trop bien ciré et arrive au rez-de-chaussée sur les fesses pour me trouver nez à nez avec Paul alerté par le bruit.

— Qu'est-ce qui se passe ? demande-t-il sans plus d'égards pour ma personne.

— Rien, rien, lui dis-je en me frottant le postérieur, Jean-Pierre a heurté une poutre.

— Quoi ! Il s'est fait mal et c'est tout ce que tu trouves à dire ! s'exclame le cousin. Mais tu n'as aucun cœur, ma parole !

Je le vois monter l'escalier quatre à quatre, tandis qu'en me tenant le derrière je me rends à la cuisine où j'attrape une bouteille d'eau-de-vie. À peine ai-je eu le temps de la saisir qu'entrent mon mari et son cousin, soutenant Jean-Pierre dont le front s'orne déjà d'un œuf magnifique.

— Donne-nous trois verres pour nous remettre de nos émotions, ordonne Raphaël.

Je m'exécute, raidie comme un robot, tant j'étrangle en moi l'hilarité qui me fait honte. Trois paires d'yeux me fusillent tandis que, les lèvres pincées, je verse la boisson dans les gobelets.

— La charité n'est pas une vertu bien partagée ici, fait observer Jean-Pierre.

— Laisse tomber, réplique mon mari en faisant claquer sa langue sur son palais, tu es là pour un mois, on a le temps de la dresser !

Un mois ! Le mot me fait frémir...

Et Raphaël de proposer :

— Bon, les hommes, je vais vous faire visiter la région.

L'instant d'après, plantée derrière la vitre de la cuisine, je vois démarrer la voiture. « Heureusement que Marie est là », me dis-je, alors qu'elle me rejoint pour me proposer ses services. On épluche, on jongle avec les casseroles sur le petit fourneau peu commode, on y fait aussi chauffer l'eau du bain. Les enfants enfin baignés, enfin en pyjamas, enfin rassasiés, enfin endormis, nous respirons un peu en attendant les « hommes ». À peine avons-nous eu le temps de nous asseoir que ces derniers, rentrant de leur promenade, se disent affamés. Nous passons à table immédiatement.

— Trop salée, cette soupe, c'est immangeable, fait observer Jean-Pierre.

Je jette un regard anxieux vers Marie, qui me renvoie le même : nous avons compris. Chacune d'entre nous a épicé le plat sans concertation. Pour apaiser la tension qui monte, je lui souris, l'air de dire : « C'est pas grave ! » Soulagée, elle me rend la pareille, tandis que nos maris font la grimace. Jean-Pierre maugrée ensuite que les nouilles sont trop cuites et que les œufs de ferme sont meilleurs à la coque.

La journée du lendemain passe à un rythme effréné. Le soir, fatiguées, nous sommes heureuses de nous poser pour le dîner, lorsque Jean-Pierre hurle :

— Mais enfin ! qu'est-ce que vous foutez, les nanas ! Elle est pas salée, la soupe !

En effet, forte de l'expérience de la veille, chacune s'est bien gardée de mettre dans l'eau le moindre condiment. Marie m'observe de ses grands yeux bleus, aussi doux que ceux d'une biche, dans lesquels je lis un incommensurable désarroi.

— Dis donc, mon cul de plomb, dit mon mari, tu pourrais te lever pour nous passer le sel, non ?

Je m'exécute.

Les jours suivants, les exigences de Raphaël et de ses complices pèsent de plus en plus lourd sur mes épaules. Des orages violents nous obligent maintenant à garder les enfants dans la maison. Bérénice et Agathe s'en donnent à cœur joie avec leurs petits cousins qui sautent sur les lits de fortune, s'envoient les oreillers à la figure et se roulent dans les couvertures, mettant à sac le semblant d'ordre que nous avons tenté de maintenir jusqu'à présent.

« Il ne faut pas les traumatiser » étant la grande phrase de Paul, Jean-Pierre la reprend comme s'il était son écho. Je vois sa femme passer son temps à ranger et me sens dans l'obligation de l'imiter. Jusqu'au jour où il me vient à l'idée que nous pourrions organiser un concours de peinture pour les chérubins. Mettant à exécution mon projet, je trouve ce qu'il faut de papier, de crayons et de pinceaux et les voilà tous en train de s'appliquer derrière notre unique table. Chacun ayant réussi une œuvre magnifique, signée par son auteur, nous arrangeons sur les murs une superbe exposition et distribuons les carambars qu'ils auront le droit de manger après le dîner. Ce subterfuge nous permet de les laver rapidement tour à tour dans la grande lessiveuse, de les changer pour la nuit et de les voir prendre leur repas sans broncher. Ils sont déjà couchés lorsque nos hommes rentrent avec les pieds crottés sans manifester aucun égard pour le sol que nous avons lavé. Ôtant leurs cirés qu'ils posent trempés sur la paille d'un tabouret, ils se disent satisfaits de leurs vagabondages.

— Intéressant, ce dessin de Jérémie, affirme Jean-Pierre en observant le mur les mains croisées derrière le dos. Le soleil bien au centre, cela montre à l'évidence que le père est à sa place, ajoute-t-il avec un clin d'œil vers son cousin.

Et Paul d'ajouter, sur un ton doctoral :

— Ouais, c'est gai tout ça, ils sont manifestement heureux, ces enfants.

Horripilée, je pose la casserole que je tenais à la main, croise les bras et lance sur un ton sec :

— Ils le seraient davantage encore si vous vous occupiez d'eux. Par la même occasion, ça nous déchargerait un peu.

— Est-ce que par hasard nous serions une charge ? interroge alors Paul en regardant Raphaël pétrifié de stupéfaction.

— Mais non, mais non, répond mon mari, elle divague.

— Moi, je sens pourtant que nous sommes de trop depuis que nous sommes arrivés, lance alors Jean-Pierre. Puisque c'est comme ça, nous partirons demain. Qui se sent morveux, se mouche.

— Tu n'as plus qu'à présenter des excuses, me dit alors Raphaël.

— Non, m'entends-je répliquer. Je ne mets personne à la porte mais je ne retiens personne.

Levés dès l'aurore, je les vois préparer leurs bagages dans une ambiance funèbre et les déposer un à un dans l'entrée. Bouche cousue, je les observe.

— Je te plains, mon pauvre frère, affirme Jean-Pierre, la larme à l'œil, en embrassant Raphaël.

Pour ne pas pousser l'outrecuidance jusqu'à les aider à porter les amas de sacs vers la voiture, je me réfugie dans la « pièce à vivre », comme l'appelle mon époux, et la range méthodiquement. Je souhaiterais pourtant éperdument me précipiter vers ma belle-sœur pour lui demander pardon. Point d'au revoir. C'est Bérénice qui vient me dire : « Y sont partis. »

Toute la journée, pas de mari. Seule avec les filles, je tente de remettre un semblant d'ordre malgré leurs multiples questions. Au soir, je me couche exténuée et finalement pleine de remords. Soudain, m'arrachant à mon sommeil, une main me tire les cheveux. L'ampoule au milieu du plafond est allumée, Raphaël est là, au-dessus de moi, il me crache au visage.

— Tu l'auras bien méritée, cette fessée ! affirme-t-il en me labourant les côtes avec les pieds. J'ai téléphoné à papa ! La famille est unanime ! Tous condamnent ton attitude !

Il arrache la couverture qu'il me plaque sur la tête, j'étouffe, je suffoque, je sens ma mort arriver. L'agilité que donne la terreur me permet de me dégager, je me précipite sur le lit de Bérénice qui s'est mise à pleurer. Je la prends dans mes bras, autant pour la consoler que pour me protéger, avec la certitude qu'il ne touchera pas à sa fille.

— Que la honte t'envahisse ! hurle alors mon mari.

J'entends une porte qui claque, une voiture qui démarre en trombe. J'ai honte.

Ma tête à claques

Au matin, j'ai la nausée, je ne sais plus quelle est la part du cauchemar et celle de la réalité. J'ai froid. Enroulée dans un drap chiffonné au bout duquel s'amasse la couverture, j'ouvre un œil puis le referme en me pelotonnant sur mon grabat. Je cherche à me retrouver sans pouvoir y parvenir. J'entends maman redire la prière qu'elle m'apprenait lorsque j'étais petite : « Faites, Seigneur, que là où il y a la discorde, je bâtisse la paix ; que là où il y a la tristesse, je porte la joie, que là où il y a la haine, j'annonce l'amour. » Puis le refrain de Raphaël m'enjoignant à la vertu résonne en mon esprit comme un glas repris par la rengaine de son père : « Il faut avoir l'esprit de sacrifice. » Les phrases des uns et des autres défilent dans mon esprit telles des voitures sur une autoroute. Et mes rêves à moi ! Où sont-ils passés ? Ils se sont évanouis, évaporés, enfuis, avec mes pensées. « Toi que voilà, pleurant sans cesse, qu'as-tu fait de ta jeunesse ? » me souffle Verlaine.

Je navigue entre la certitude que mon mari est certainement allé retrouver son frère et une vague inquiétude qui me grignote l'esprit : « Peut-être a-t-il eu un accident, il était si nerveux, c'est dangereux de prendre le volant dans cet état-là. » Je ne veux pourtant signaler sa disparition à personne, tant je crains les représailles à son retour. Au troisième jour de son départ, le souci me ronge au point que j'envisage de mener une enquête dès le lendemain, alors qu'une fois de plus je dîne seule avec les enfants. J'y songe sérieusement dans la fraîcheur parfumée que nous donne ce soir d'été, quand les pneus de la R5 crissent soudain sur les gravillons de la cour. De cette arrivée inopinée, je ne ressens aucun soulagement. La crainte de la présence vient supplanter celle de l'absence. Raphaël apparaît. Il est habillé d'un pantalon bleu marine au pli impeccable, assorti d'une chemisette blanche finement rayée que je ne lui connais pas, et sort avec autorité en claquant furieusement la portière. Son attitude me donne envie de prendre mes jambes à mon cou pour fuir au plus vite mais Bérénice et Agathe, descendant de leur chaise, se précipitent vers lui en hurlant joyeusement :

— Papa, oh ! petit papa *séhi*.

Triomphant, il les prend dans ses bras et, venant à moi, s'écrie :

— Alors, t'as compris la leçon, tête à claques ? Si tu ouvres la bouche, je repars mais cette fois, j'emmène les enfants.

Puis il ajoute doucement, à l'adresse des filles :

— Venez voir, mes chéries, je vous ai rapporté des cadeaux.

Du coffre, il sort des paquets dont elles déchirent aussitôt le papier en dévoilant chacune un panier rempli d'un pain d'épice que je sais être une spécialité d'un pâtissier de Raboté. Immédiatement, je comprends le message : mon mari est allé se plaindre dans sa famille. Comme si j'avais des doutes à ce sujet, il se plante en face de moi tandis que les enfants, délaissant leur repas, se sont assises par terre pour avaler la sucrerie. Campé droit, il me regarde fixement, tel un professeur exaspéré par son élève récalcitrant. Les mains derrière le dos, la mâchoire crispée, il se soulève sur la pointe des pieds qu'il repose ensuite en un mouvement alternatif.

— À tout péché miséricorde, lance-t-il en me fusillant du regard. Je te pardonne parce que mon père, qui est pour la paix des ménages, m'en a instamment prié. Mais tu devras venir présenter des excuses à la famille avant de prendre ton poste en septembre. Nous avons à cette fin organisé une réunion à Raboté le 15 août.

— Il me semble avoir pourtant déjà reçu mon châtiment, m'entends-je murmurer d'une voix étranglée.

La phrase est partie malgré moi, la gifle vient en retour. Je tiens ma joue en feu et le vois se diriger d'un pas ferme vers les enfants qui grignotent sans bouder leur plaisir :

— Vous voulez venir avec moi à Raboté ? leur demande-t-il.

— Oh oui, mon papa ! Moi, *ze* sais que *l'a* des fraises, là-bas, répond immédiatement Bérénice.

Agathe, la bouche pleine, acquiesce en opinant de la tête.

— Eh bien, je vous emmène, affirme le père en me regardant d'un air entendu.

Un hurlement de douleur m'étrangle... Éperdue, je le regarde... Enfin, je parviens à articuler :

— Oh non ! Pas ça !

— Ben voyons ! Tête à claques, ricane alors mon époux, tu as donc décidé de te rendre à l'invitation !

Le 15 août, à onze heures du matin, Raphaël se gare sous les tilleuls qui cernent la grande cour carrée de Raboté. J'observe qu'outre la R20 de mes beaux-parents se trouvent là les voitures de Jeannine, d'Inès et de Bernadette, avec la camionnette verte de Jean-Pierre, qui a sans doute été convié le premier. Tassée sur mon siège, il me semble que j'ai les jambes en coton.

— Voilà papy ! s'écrie joyeusement Bérénice derrière moi.

En effet, la silhouette de mon beau-père apparaît sur le perron. Bien que la chaleur déjà moite invite à une tenue légère, il est vêtu d'un costume sombre qui accentue la rigidité de sa silhouette. « On dirait la statue du Commandeur », me dis-je alors en tremblant de tout mon corps. Rapidement, mes belles-sœurs accourent comme un essaim d'abeilles. Leurs paréos noués sur des seins volumineux pourraient évoquer un tableau de Gauguin, si leurs visages fermés ne laissaient entrevoir un désir de vengeance inassouvi. Sans m'adresser la parole, elles entourent leur frère qu'elles embrassent chaleureusement et prennent mes filles dans les bras. Pour me donner une contenance, j'ouvre le coffre et en extrais deux valises avec un sac de voyage. Une seule question me hante : « Comment vais-je pouvoir endurer ce long week-end ici ? »

— Monte ça dans la chambre mansardée du deuxième étage, ordonne Jeannine sur un ton sec.

Immédiatement, je m'exécute. Essoufflée par les fardeaux que je porte, j'arrive sur le petit palier des combles et découvre, en ouvrant la porte, que l'on a ajouté deux lits de camp sans doute destinés à mes enfants. Aucun ne me paraît adapté aux quinze mois d'Agathe et pourtant il faudra bien s'en accommoder. Dans la hantise d'aller retrouver ma belle-famille, je prends le temps de fouiller dans les bagages pour trouver les affaires de toilette et autres pyjamas, que je range posément sur une chaise, lorsque j'entends vociférer :

— Alors, Marguerite ! On t'attend !

— J'arrive, parviens-je à répondre d'une voix chevrotante.

Lorsque je pénètre dans le salon, chacun, posé droit dans son fauteuil ou sur sa chaise Empire, un verre d'apéritif à la main, m'observe fixement. Je me sens minuscule, ratatinée sous ces regards. Je voudrais me cacher sous le guéridon, Empire lui aussi, où trônent les bouteilles avec les biscuits salés.

— Puisque vous avez mis, tour à tour, chacun des membres de cette famille à la porte, vous savez maintenant ce qui vous reste à faire, ma chère Marguerite, affirme froidement mon beau-père.

Les yeux suppliants de Marie et de ma belle-mère me donnent un peu de courage, alors que je sens le sol se dérober sous mes pieds.

— Je vous prie de m'excuser, dis-je en regardant la pointe de mes chaussures.

— C'est tout ? s'exclame mon mari. Tu peux ajouter que dorénavant notre maison est ouverte à tous. Moi je conçois mes vacances en les offrant aux autres.

— Oui, oui, m'entends-je murmurer, la gorge serrée, vous pourrez venir quand vous le voudrez.

Je vois alors sur les bouches se dessiner des sourires entendus.

— Il a quand même réussi à la mater, siffle Jeannine, tandis que Marie se mordille les lèvres et que Jean-Pierre, levant son verre, s'exclame :

— À la bonne vôtre !

Il est immédiatement imité par l'assemblée, qui boit ensuite à l'unisson sans m'avoir proposé de prendre part aux libations. Une fois de plus, je n'ai qu'un seul désir : m'enfuir avec mes filles. Mais une cage invisible me retient. Je reste là, résignée comme un animal de zoo que l'on observe derrière ses barreaux.

Au milieu de l'après-midi, assise sur les marches du perron, seule, je surveille les enfants, lorsque je vois se dessiner la svelte silhouette de Marie dans sa robe indienne. Elle vient me rejoindre de son pas tranquille et s'installe posément à mon côté.

— Tu ne te sens pas trop humiliée ? demande-t-elle doucement.

— J'ai été désagréable avec Jean-Pierre et je me suis obstinée. Je le regrette sincèrement pour toi, m'entends-je répondre, les lèvres tremblantes.

— Allez, ne t'en fais pas, murmure-t-elle en m'embrassant, tu étais fatiguée, c'est tout. Ils ne nous font pas la vie bien facile, nos hommes, mais on les accepte comme ils sont, non ?

J'admire sa douceur et sa modestie.

— Il est plein de paradoxes, Raphaël, finis-je par répondre.

— Mais il t'aime, affirme-t-elle.

À ce moment, les larmes me viennent aux yeux.

— Peut-être, à sa façon, lui dis-je, mais mon époux est un être double qui ne s'aime pas lui-même. J'ai souvent le sentiment qu'il a trouvé en moi l'objet de la persécution qu'il s'inflige à lui-même, je ne sais plus que faire... Son comportement me fait penser à ce conte d'Andersen que j'aime tant, *La Reine des neiges*, poursuis-je.

— Raconte-le-moi, je ne le connais pas, murmure Marie, en m'entourant d'un bras les épaules.

J'enchaîne, dans un souffle :

— De vilains trolls ont, un jour, fabriqué un miroir dans lequel on voyait laid tout ce qui est beau ; c'était le miroir du Diable. Ils voulurent le monter haut dans le ciel mais le miroir fut brisé en milliers de miettes dont chacune conservait la propriété du miroir entier. Il arrive alors que l'un de ces petits morceaux se fiche dans l'œil de quelqu'un qui se met alors à considérer comme laid tout ce qui est beau. Il faut vite l'enlever, parce que si l'éclat parvient jusqu'au cœur, il le pétrifie. Personne alors ne peut plus rien pour celui dont le cœur est devenu pierre. Kay et Gerda étaient deux enfants qui habitaient la même ville. Leurs maisons se faisaient face, mais dans une rue si étroite qu'elles se touchaient en leur faîtage. Ils se retrouvaient tous les jours sur le balcon joignant leurs deux maisons. Ils s'aimaient, ils étaient heureux. Mais un soir, la reine des neiges envoya méchamment un éclat du miroir du diable dans l'œil de Kay, qui se mit à détester Gerda. Très malheureuse, la petite fille n'eut cependant de cesse qu'elle ne retire ce maudit morceau de verre de l'œil de son compagnon. Avec la force de sa tendresse, elle parvint à l'émouvoir jusqu'à le faire pleurer. Ainsi l'éclat put-il tomber avec les larmes et Kay retrouver son vrai regard. À nouveau, il pouvait voir ce qui était beau. À nouveau, il se mit à aimer Gerda. À nouveau, les deux petits compagnons purent vivre leur bonheur. Tu vois, j'aime Raphaël. Mais j'ai si souvent le sentiment qu'il est victime de cet éclat. Et j'aimerais tant parvenir à lui laver le regard…

— Comme c'est joli, murmure Marie, il me semble, à t'entendre, que Jean-Pierre, lui aussi…

Une voix criarde l'interrompt et nous surprend.

— Elles sont là, les nanas ! Elles se font des confidences !

D'un même mouvement de tête, nous nous retournons pour apercevoir Bernadette, dont les jambes s'inscrivent dans l'embrasure de la porte tels des poteaux. Affublée d'un chapeau de paille à large bord qui écrase sa silhouette massive, elle siffle entre ses dents :

— Alors, on *ragote* dans notre dos, je parie.

Je compte à rebours le moment où je pourrai regagner ma maison. Elle n'est certes pas confortable mais au moins j'y trouve un peu de paix.

Ma pauvre folle

Le 1er septembre 1974, nouveau poste de professeur. Je me rends à la journée de prérentrée mais je sais déjà que j'aurai des élèves de seconde et de cinquième en difficultés scolaires. L'image de mes filles me hante. Je les ai laissées à la garde d'une baby-sitter parce que mon mari a besoin, comme il l'affirme, de « se concentrer sur ses œuvres ».

Tous les jours, je dois assurer mes cours et mes rendez-vous ; et parfois je profite d'un petit « trou » dans mon emploi du temps pour corriger tranquillement mes copies. Je n'en peux plus d'être penchée sur les devoirs, mon crayon rouge à la main, lorsque tout dort à la maison. Je suis épuisée. Il arrive de plus en plus souvent que j'oublie les livres que j'avais prévu d'emporter en classe et, le matin, des pannes d'oreiller m'obligent à enfiler de plus en plus précipitamment mes vêtements.

— Pauvre folle, t'as vu à quoi tu ressembles ? jette un matin Raphaël en trempant son hareng dans son bol de café, tandis que je fouille nerveusement partout pour trouver l'indispensable trousseau de clefs. T'es vraiment devenue complètement dingue, ajoute-t-il.

Ce genre de remarques réitérées quotidiennement me donnent le sentiment qu'en effet je deviens « marteau », comme se plaît à le répéter mon mari. Je vis dans la hantise de l'oubli, la crainte de mal faire. Je passe de plus en plus de temps à vérifier que j'ai bien éteint le gaz, je ne vais plus faire de courses sans tâter dans mes poches la liste qui m'est devenue indispensable, j'embrasse au moins dix fois mes filles avant de partir tandis qu'elles prennent leur petit-déjeuner en pyjama.

— Tu m'as déjà dit au revoir, maman, fait invariablement observer Bérénice.

— Oui, oui t'as *dézà* fait mes bisous, acquiesce Agathe.

— Continue avec tes petites manies et arrive en retard ! C'est pas grave, on attendra madame ! fait observer leur père en regardant sa montre.

L'estomac noué, j'essaie de ne pas me retourner en fermant la porte. Raphaël reste dans les lieux tandis que je pars. Une sourde inquiétude m'envahit, alors que je n'ai pas encore mis un pied dans la voiture. Je sais qu'une jeune fille va venir garder les enfants pendant que mon mari peindra ses toiles ou dessinera des plans, mais j'ai, chaque matin, l'estomac noué, la gorge serrée, les mains tremblantes sur le volant. Je préfère attribuer à toute autre cause le mal-être qui progresse en moi. Et j'étouffe cette petite voix obsédante qui voudrait hurler : « Regarde les choses en face, bon sang ! c'est ton mari qui te fait mourir de trouille, tu as peur qu'il parte avec tes filles, tu as sûrement d'autres solutions que de te faire laminer. »

Depuis notre séjour à Raboté, je suis obsédée par l'idée de ne jamais déplaire à Raphaël, au point de me comporter avec lui comme une carpette sur laquelle il s'essuie les pieds sans vergogne. Il s'est acheté un chien pour aller le week-end à la chasse, revient avec des bottes crottées et en met plein la maison ? Peu importe, pourvu qu'il ne manifeste pas une trop grande mauvaise humeur. Devant les plats que j'ai préparés, je guette une approbation qui ne vient jamais.

— Je ne te dirai pas que ton plat est bon, tu me le resservirais tous les jours, lance-t-il un soir, en réponse à mon regard interrogateur.

Malgré tout, je continue de m'évertuer à tenter de lui faire plaisir. Le 2 décembre, pour fêter son anniversaire, je dépose dans son assiette un gros paquet qui cache une lampe de bureau et un autre, plus petit, dans lequel j'ai glissé un bocal de foie gras, heureuse que mon salaire permette pour une fois ce luxe. Les filles ont orné la table de dessins multicolores et ne cachent pas leur impatience en l'attendant. À peine est-il entré dans la cuisine que, derrière le gâteau plein de bougies, nous entonnons en chœur un chant simple aux vers de mirliton que j'ai appris aux enfants : « Petit papa, c'est aujourd'hui ta fêêêête, voici des fleurs pour couronner ta têêêête... »

Raphaël écoute d'un air grave, la tête penchée sur le côté et les mains derrière le dos, puis il avise ses cadeaux et déplie méthodiquement le papier.

— Qu'est-ce que c'est que ça ? hurle-t-il en découvrant le bocal, tu crois qu'on a du fric à foutre en l'air, pauvre folle ?

Le foie gras traverse la pièce et s'écrabouille sur le sol en miettes de verre incrustées dans le mets rendu immangeable.

— Eh bien, voilà ! ne puis-je m'empêcher de constater à voix haute, maintenant, on n'a plus qu'à le mettre à la poubelle ! Ça nous fera des économies !

Une gifle vient immédiatement me faire regretter ma phrase, une autre suit, tandis que Bérénice et Agathe, manifestement inquiètes, présentent leurs œuvres à leur père comme pour le calmer. Il les prend dans ses bras avant de les asseoir sur ses genoux pour observer leurs productions.

— Au moins, vous savez me faire plaisir, vous ! leur dit-il, pendant qu'à quatre pattes je ramasse en silence les reliefs de sa rage.

Je feins de m'affairer derrière mes casseroles en songeant : « Nous ne pouvons plus vivre de la sorte, il faut absolument que nous ayons une explication entre époux sans plus attendre, je verrai ça lorsque les filles dormiront. »

Suivant mon idée, je couche les enfants après le souper et regagne la cuisine où mon mari, toujours assis derrière la table, lit son journal sans avoir consenti à ouvrir mon cadeau, qui gît à terre dans son emballage. M'installant à côté de lui, je tente une caresse mal assurée sur sa joue en murmurant :

— J'aimerais que nous parlions, nous n'en prenons jamais le temps.

— Lave-moi d'abord ce bordel, répond-il en pointant un doigt rageur sur la vaisselle sale empilée derrière lui.

Puis, le sourcil froncé, il replonge dans sa lecture en ajoutant :

— Tu ne sais pas tenir une maison, pauvre folle ! C'est tout ce que j'ai à dire ! Fin du message !

Terrifiée, je vais me glisser sous mes couvertures dans la pièce d'en face, pendant que je l'entends monter au grenier, où il a décidé d'installer sa couche depuis le départ de son frère. Une fois de plus, le nécessaire dialogue doit attendre plus tard... toujours plus tard.

Nous n'avons pas encore fêté notre quatrième anniversaire de mariage et je m'enfonce. Je ne fais plus rien sans douter de moi, je ne pense plus, je n'existe plus, je ne suis plus qu'une petite chose à la botte de mon mari. Il faut absolument que Raphaël m'entende ou bien je divorce. À ce mot, je me sens pâlir. Divorcer ? Et si Bérénice et Agathe préféraient vivre avec leur papa ? Non ! je ne veux pas qu'elles vivent dans la famille Taquet, je ne veux pas les livrer, telle sainte Blandine, aux lions. Dans le meilleur des cas, Raphaël en aurait la garde pendant les week-ends et les vacances. Elles passeraient tout ce temps à Raboté ! Ah ! ça, non ! Pas mes anges dans les griffes des trois « grasses », ça n'est pas possible ! « Des profondeurs, je crie vers toi, Seigneur, écoute mon appel, que ton oreille se fasse attentive au cri de ma prière. » Je hurle vers toi, Seigneur, entends-tu ma détresse ?

Après une nuit blanche, je me lève dès l'aurore pour casser le petit bois afin de remettre en route la vieille cuisinière qui nous chauffe. Fébrilement, je fais la vaisselle dans mon baquet et range du mieux que je peux la pièce afin de mettre mon mari de bonne humeur. Bientôt, je le vois arriver, ébouriffé. Il s'installe derrière son couvert en un silence que je romps après un moment d'hésitation en avouant :

— Notre couple ne tourne pas rond et je vais mal, mon corps ne reçoit plus que des coups depuis ma fausse couche.

— Mais c'est toi qui ne tournes plus rond, pauvre folle ! s'exclame-t-il en tapant du poing sur la table. T'as vu à quoi tu ressembles ! Si tu crois que t'es baisable ! Je préfère la « veuve poignet » à toi ! Et puis la maison est dégueulasse, au point que je dois te donner des baffes pour te remettre dans le droit chemin ! On dirait que tu le fais exprès, de déclencher ma violence ! Tu le vois bien ! Tu viens me casser les couilles alors que je suis à peine réveillé ! Tu ne mérites que mon pied au cul, et tu le sais ! La preuve, je n'ai jamais tapé que sur toi ! Maintenant, va jouer les assistantes sociales avec tes petits élèves et rapporte ton salaire de merde à la fin du mois ! Pendant ce temps, j'irai à la pêche aux clients ! Je suis un artiste, moi ! Tu n'y comprends rien, pauvre folle ! Tu me fais chier ! Tiens, j'ai plus faim ! Tu me donnes envie de gerber ! Va te faire foutre ! hurle-t-il pour terminer, en tirant d'une main la toile cirée étendue sur la table.

J'entends simultanément la vaisselle qui se fracasse à terre, la porte qui claque et le hurlement des enfants réveillées en sursaut. Ramasser les débris, consoler mes filles, penser qu'il va néanmoins falloir aller travailler, tout cela occupe mon esprit mais, dans la voiture, je médite sans rien voir d'un paysage qui fond sous un brouillard opaque. « Il n'a pas touché un centime depuis que nous sommes arrivés à Saint-Pardon, me dis-je. Il ne supporte pas que je sois seule à gagner la croûte du ménage, c'est sans doute pour ça qu'il est si tyrannique, lui qui n'a jamais eu pour obsession que de prouver sa valeur à son père. Comment le sortir de là ? » Cette propension à le plaindre agace pourtant en moi la part de la femme qui voudrait vivre. « Tu as un travail, souffle-t-elle, tu n'es pas une esclave. Non, ton époux n'est pas propriétaire de ta personne. Ce n'est pas en jouant les lopettes que tu pourras le soigner. » Le divorce auquel j'avais voulu éviter de penser plus avant s'impose alors à moi comme seule solution à cette situation de couple devenue intolérable.

Le soir même, après avoir couché les enfants, je rejoins Raphaël dans la seule pièce où je peux lui parler. Il est là, comme d'habitude, assis derrière la table et plongé dans son journal. Plantée en face de lui malgré les larges feuilles de papier qui cachent sa figure, j'annonce calmement :

— J'ai bien entendu ton message ce matin : puisque tu ne peux plus me supporter, il va falloir nous séparer.

— Quoi ? Mais tu veux m'assassiner ! sanglote-t-il en froissant le papier. C'est pour toi que je suis venu m'installer ici ! Tu n'as pas vu dans ce geste à quel point je t'aimais ! Je ne peux pas me passer de toi. Tu le sais très bien, c'est pour ça que tu ne fais aucun effort ! Je t'aime à en crever ! Ah ! tu ne comprends pas comme je t'aime.

Venant à moi, il me serre dans ses bras, je sens ses larmes me couler dans le cou et j'ai envie de pleurer moi aussi mais les vers de Prévert éclatent malgré moi sur mes lèvres :

— « Tu dis que tu aimes les oiseaux et tu les mets en cage

Tu dis que tu aimes les fleurs et tu les coupes

Alors, quand tu dis que tu m'aimes, j'ai peur. »

— Peur ! Mais peur de quoi ? demande-t-il en me caressant les mains. C'est ta littérature qui t'a rendue folle, ma pauvre femme, tu ne te rends pas compte à quel point tu me fais souffrir, tu m'humilies sans cesse, tu es plus brillante que moi, je n'ai rien, moi, je n'ai pas les mots des autres pour te parler, je n'ai que mes deux mains et quelques pinceaux pour te dire mon amour, tiens, aujourd'hui, je t'ai fait ce tableau.

Joignant le geste à la parole, il va chercher sur l'étagère la plus haute une toile posée à plat que je n'avais pas vue. Des coquelicots dans des blés verts sous un ciel sans nuages y chantent la splendeur d'un été magnifique.

— C'est ça que tu me mets dans le cœur, murmure Raphaël à mon oreille, pendant qu'émue je contemple son œuvre.

Il a au moins raison sur un point : je ne le comprends pas. Il me souffle le chaud après le froid et me déconcerte.

— Pourquoi es-tu souvent si désagréable ? réponds-je, les larmes aux yeux.

— Parce que je ne supporte pas de te voir péter les plombs, ma pauvre petite folle adorée. C'est mon rôle de mari que de te remettre la tête entre les épaules. Tous nos malheurs viennent de ton enfance. J'ai réussi à t'arracher à tes parents mais il faudrait aussi arracher les mauvaises racines qu'ils ont plantées au fond de ton être, tu comprends ?

Non, je ne comprends toujours pas. Il refuse en effet que je voie mes parents, mes frères et ma sœur, et veut absolument les envoyer aux oubliettes. Mais s'ils sont absents de ma vie, ils ne le sont pas de mon cœur, je ne viens pas de nulle part et j'ai mal de leur absence. Sans cesse, Raphaël répète que j'ai souffert d'avoir une mère autoritaire. C'est vrai. Et alors ? Est-ce un motif suffisant pour qu'il se montre aussi tyrannique ?

— Oui, toute éducation a ses failles, lui dis-je. Mais ça n'est pas une raison pour y enfoncer le coin et faire exploser la bille, c'est toi qui m'achèves et me tues, maintenant, et ça, tu dois l'entendre, parce que…

— Ha ! c'est injuste ! sanglote-t-il alors en me coupant la parole, je fais tout ce que je peux pour toi et tu ne vois rien, je ne veux pas te perdre, je ne peux pas vivre sans toi.

Désemparée, je le vois là, pleurant, se mouchant, pitoyable.

— Nous reprendrons cette conversation un autre jour, si tu veux bien, affirme-t-il en me léchant le cou ; ce soir, je suis harassé, il est temps d'aller nous coucher.

M'enlaçant les épaules, il me conduit vers le lit où je dormais solitaire, se déshabille et s'allonge à mon côté. Je le laisse caresser mes jambes et mon sexe puis enlacer mon corps tout entier en murmurant des « je t'aime » mêlés de larmes.

Le lendemain soir en rentrant, je le vois qui m'attend dans l'entrée avec à la main une couronne tressée avec les lauriers du jardin. Il me la pose sur la tête en mettant sur mes lèvres un baiser.

— Voyez comme elle est belle, votre mère, dit-il à nos enfants.

Ma glu

À l'automne 1976, Bérénice et Agathe entrent toutes deux en classe de maternelle. Harassée par l'été pendant lequel j'ai subi tour à tour les séjours de mes beau-frère et belles-sœurs, je confie mes enfants à leur institutrice. Immédiatement en confiance dans la grande salle agrémentée de cerceaux et autres jouets aux couleurs vives, elles s'installent autour d'une table à leur taille. Heureuse que tout se passe bien pour elles, je les laisse puis longe en hâte la rue que bordent des maisons aux volets peints de couleurs pastel, devant lesquelles fleurissent encore quelques roses trémières. La petite école n'est pas située bien loin du collège et du lycée où j'enseigne, une véritable aubaine.

Je donne mes cours et corrige mes copies à un rythme effréné, sans prendre le temps de déjeuner, parce que Raphaël a exigé que je sois de retour avec nos filles à cinq heures de l'après-midi. « Elles ne sauraient attendre à la garderie après une journée déjà trop longue pour elles », a-t-il affirmé. Aussi, à seize heures trente pile, je suis à la sortie de l'école, au milieu de mamans qui se connaissent et bavardent. Seule dans mon coin, je danse d'un pied sur l'autre parce que j'ai dans la tête un mari qui doit s'impatienter dans son atelier. Plier sous son joug est devenu une sorte de fatalité, une seconde nature que je supporte comme une maladie incurable. J'exécute ses ordres comme un petit soldat que l'on menacerait du gnouf : je ne saurais le faire attendre. À peine vois-je arriver mes filles que je me précipite sur elles et les mets rapidement dans la voiture, comme un boulanger enfournerait le pain prêt à cuire.

J'ai au moins un motif de satisfaction : l'eau coule dans l'évier au robinet de la cuisine, ce qui n'est pas négligeable en cette période de l'année. Avant la fin de l'hiver, nous aurons une salle de bains et des chambres au premier étage : les entrepreneurs ont affirmé qu'ils respecteraient leur planning.

Au début du mois de décembre, nous sommes en plein chantier. Les planchers à moitié pourris ont volé en éclats, donnant à la maison l'aspect d'un hall de gare. Des étais soutiennent une ouverture qui nous permettra d'entrer aux W-C, pour l'instant masqués par un rideau dans la cuisine. Les marteaux frappent, les scies agacent les oreilles et l'on entend sans cesse hurler des ordres brefs. J'ai installé les lits et un semblant de table dans l'ancien chai maintenant carrelé, la seule pièce à peu près abritée des courants d'air, du bruit et de la poussière, mais je ne peux faire autrement que de préparer les repas dans la cuisine avant de les porter aux enfants que je maintiens à l'abri. Je me mouche, je tousse mais peu importe, pourvu que les filles ne prennent pas froid.

Malgré tous mes efforts, Agathe, en se levant un vendredi matin, se plaint de violents maux de tête puis se met à vomir. Sa température monte en flèche. Dans son lit, elle n'est plus qu'une pauvre petite chose aux yeux clos et gémit faiblement. Bérénice me suit comme mon ombre, alors que j'administre à sa sœur du paracétamol et mouille des gants de toilette que j'essore pour les poser sur son front. Les ouvriers eux-mêmes sentent que quelque chose de grave arrive et s'appliquent à éviter de faire du bruit, alors qu'en deux coups de fil j'appelle le Dr Durex et préviens le lycée que je ne pourrai assurer mes cours aujourd'hui.

Le médecin arrive rapidement, sa sacoche à la main. C'est une grande liane qui accroche toujours à ses lèvres un sourire qu'il veut rassurant. Il se fraie un passage entre les sacs de ciment et autres bastings qui traînent à terre puis, à genoux, ausculte méthodiquement ma fille.

— Je crains une méningite, affirme-t-il en se relevant, manifestement inquiet. Je pense que c'est viral mais il faudrait malgré tout l'hospitaliser, par précaution. Elle aura besoin que vous restiez à ses côtés : des lits sont prévus pour les mamans, en pédiatrie.

Désemparée, je l'interroge :

— Et qu'est-ce que je fais de ma fille aînée ?

— Elle peut rester avec son papa, propose l'homme de l'art, dont la haute stature n'a d'égal que la suavité de sa voix.

— Impossible, il est à Paris pour ses affaires, il m'a demandé de ne pas le déranger.

Le toubib prend alors un air grave en m'enjoignant d'avertir mon mari.

— Pour de tels symptômes, vous *devez* le faire, insiste-t-il, je reviendrai ce soir, n'hésitez pas à m'appeler s'il y a du nouveau.

À peine a-t-il tourné les talons que je décroche le téléphone en tremblant et compose le numéro de mes beaux-parents. La voix de mon beau-père est rude.

— Qu'est-ce qu'il vous faut inventer, ma pauvre Marguerite, pour être sur les talons de mon malheureux fils ! Sans doute se serait-il senti obligé de rentrer à Saint-Pardon mais il n'est pas là, voyez-vous ! Où il est ? Non mais ! vous voulez rire, ma chère Marguerite ! Je ne suis pas un espion, moi ! Je ne surveille pas un homme de quarante ans qui prend ses responsabilités ! J'ai entièrement confiance en Raphaël, moi ! D'ailleurs, je vous conseille d'en faire autant si vous voulez la paix dans votre ménage ! Allez, assez bavardé, le téléphone coûte cher. Bonne journée, chère Marguerite.

Mon combiné à la main, je me sens gourde un instant, mais la santé d'Agathe me préoccupe au point que, sans m'attarder sur ce qui vient de m'être assené, je me précipite auprès d'elle. De toute la journée, je ne la quitte que quelques instants pour m'occuper du repas de sa sœur, puis je rejoins son chevet. La tête de ma petite blondinette si vive, si souriante d'habitude, gît comme une feuille morte sur son oreiller. Je caresse ses cheveux collés sur son front comme pour prendre son mal, lorsque arrive à nouveau le médecin.

— Je ne peux pas joindre mon mari, lui dis-je immédiatement en pleurant.

— Eh bien, nous ferons sans lui, répond-il doucement. Allez, ne vous en faites pas, ajoute-t-il en me donnant une tape amicale sur l'épaule alors que je sanglote.

Je le vois vérifier les réflexes de ma fille, observer ses pupilles et je l'entends dire, après un examen approfondi :

— Son état ne s'est pas aggravé, elle ne vomit plus, elle ne délire pas, je suis sûr que c'est viral. Nous allons la garder ici, surveillez-la et prévenez-moi, même au milieu de la nuit, si vous trouvez quelque chose d'anormal. De toute façon, je serai là demain matin.

Toute la nuit, je veille mon enfant avec tant d'attention que rien au monde n'existe plus. Elle seule occupe mon esprit, pendant que je laisse Bérénice à ses rêves. Assise au côté de sa sœur, je tiens sa main moite, j'écoute sa respiration. Parfois, je mouille un linge que je pose humide sur son front. Elle dort calmement mais, collant mon oreille sur sa poitrine, j'entends son petit cœur battre à toute vitesse et je m'inquiète.

À l'aube, la température baisse un peu. Le docteur que j'attends avec impatience vient bientôt confirmer mes espoirs de guérison prochaine et refait encore à midi une visite qui soulage mon angoisse. Dans quelques jours, Agathe sera sur pied comme si rien ne s'était passé.

Le soir en effet vient à peine de tomber que ma petite fille, aussi pâle que ses draps blancs, accepte la compote que je lui mets dans la bouche. J'entends le crissement caractéristique des pneus de Raphaël dans la cour.

— Quelle est cette atmosphère funèbre ? interroge-t-il en entrant dans la pièce où je suis à genoux devant le lit d'Agathe.

Un doigt sur les lèvres, je murmure :

— Chut ! elle est malade.

— Oui, elle est très malade, Agathe, ajoute Bérénice en embrassant son père qui s'exclame :

— Eh bien ! Elle va guérir ! Tu fais toujours une montagne de tout pour me retenir, ma glu ! Allez, j'ai soif, moi ! Sers-moi une bière !

Pour éviter les éclats, je me précipite dans la cuisine et ouvre le réfrigérateur, pendant que, nerveusement, mon mari tourne en rond. Pendant qu'il passe la langue sur ses lèvres où la mousse s'accroche, je le regarde en silence ; enfin, n'y tenant plus, au moment où il repose son verre en rotant, je demande :

— Alors, tu as vu tes parents ? Comment vont-ils ?

— Tiens ! tu t'intéresses à eux, tout à coup, ricane mon époux. Mon père m'a justement fait observer hier soir qu'il ne t'avait pas vue depuis longtemps.

— Menteur !

Le mot est sorti de ma bouche à une vitesse que n'a pas commandée mon esprit.

Je reçois en pleine figure le reste de la bière, un coup de pied en plein tibia me fait tomber sur les genoux, la porte claque, j'entends une fois de plus la voiture démarrer en trombe.

Bérénice apparaît. Elle me montre un curieux animal de sa fabrication.

— C'est un tapir. Où il est, papa ?

— Il est retourné voir ses clients, réponds-je machinalement.

— Non, affirme-t-elle, moi, je sais que demain, il va à la chasse, alors il est pas reparti travailler.

Muette, je ne sais quoi répondre et m'interroge : « Pourquoi je mens ? Qu'est-ce que je veux protéger ? Ma famille ? Mes enfants ? Mon couple ? L'image du père ou celle du mari ? » Je refoule la question et laisse passer le temps sans réagir. Lentement mais inexorablement, les mois passent, les années défilent, toutes plus ou moins identiques et je sèche sur pied comme une fleur privée d'eau.

Ma merde

Dans la solitude de ma terreur, je m'agite dans tous les sens, ce samedi de juin 1981, alors que mes beaux-parents ne vont pas tarder à arriver pour passer le week-end à la maison. Ils se sont invités chez nous « parce qu'il faut bien fêter dix ans de mariage », a dit mon beau-père.

— J'espère que pour une fois tu sauras te montrer à la hauteur de ton rôle de maîtresse de maison ! a affirmé Raphaël.

Je sais que l'on m'accuse, dans ma belle-famille, de ne pas savoir exécuter cette tâche avec compétence et surtout rapidité ; aussi, je vire dans tous les sens.

— Dis donc, ça te rend bien nerveuse, l'arrivée de papy et mamy, constate Bérénice, en me voyant astiquer nerveusement la maison qui offre maintenant un semblant de confort.

Au rez-de-chaussée, la pièce de droite est devenue une spacieuse salle à manger.

Nous n'avons toujours pas une vraie table mais la même large planche posée sur des tréteaux fait l'affaire. Sur les chaises de jardin en fer qui l'entourent, j'ai obtenu de poser des coussins fleuris pour les rendre plus agréables à l'œil autant qu'aux fesses. Je les secoue par la fenêtre ouverte pour la énième fois. Ils offrent la seule note colorée de la pièce, avec les dalles de terre cuite qui recouvrent le sol, et j'y tiens, bien que mon mari passe son temps à répéter qu'il déteste ces nids à poussière.

Après avoir jeté autour de moi un regard anxieux pour vérifier que rien ne traîne, je passe dans l'ancien chai qui est devenu un salon et brosse encore méthodiquement les trois fauteuils en toile, puis tapote les poufs mous pour leur donner un peu de forme.

Quatre à quatre, je grimpe à l'étage des chambres. Elles permettent maintenant à chacun de trouver l'intimité requise et je vérifie que les lits sont bien faits au carré. Au passage, j'attrape dans le placard de la salle de bains des serviettes que je pose sur celui de mes beaux-parents, en me baissant sous les poutres basses qui exigent une attention constante.

À peine ai-je terminé mon inspection que j'entends des voix venant de l'entrée, où je me précipite pour offrir mes services.

— Attention à votre tête, dis-je à mon beau-père en posant quelques-uns de ses bagages au pied de son lit, notre chaumière invite à l'humilité, voyez-vous.

— Tu ferais mieux de te taire avec ton humour de merde, persifle Raphaël qui nous suit une valise à la main. Descends donc servir un rafraîchissement à ma mère.

Immédiatement, j'obtempère et retrouve au salon ma belle-mère qui discute avec ses petites-filles. Ses cheveux blancs retenus par des peignes auréolent son visage rond et souriant, tandis que je vois de dos la grande natte brune de Bérénice et les deux tresses blondes d'Agathe. Vêtues chacune d'une robe blanche au col marin, elles ressemblent à deux lys posés sur le tailleur bleu marine de leur grand-mère.

Nous tenons chacune à la main une tasse de thé et je reçois avec plaisir ses compliments sur l'avancement des travaux dans la maison, lorsque je vois s'encadrer dans la porte la silhouette de Raphaël, suivi de près par son père.

— Il est déjà cinq heures de l'après-midi. Nous avons juste le temps d'aller au rendez-vous du père Sabienride, affirme mon mari, j'emmène papa et maman. Vous venez, les filles ?

— Et moi ? dis-je d'une voix faible.

— Toi ? Mais tu restes là, il n'y a que cinq places dans la voiture ! Tu n'as qu'à préparer le dîner en nous attendant.

Sans dire un mot, mon beau-père, plus droit qu'un I, se dirige vers le jardin. Sa femme lui emboîte le pas en tenant les enfants par la main comme deux chandelles à ses côtés. Au passage, elle m'adresse un pâle sourire, tandis que mon époux ferme la marche. Au moment où il s'apprête à franchir le seuil, je le retiens par la manche et propose à voix basse :

— Je peux prendre la 4L.

— N'importe quoi, répond-il, j'en ai marre de te traîner partout comme une merde. Regarde-moi ça : à quoi tu ressembles, avec tes quarante kilos qui se perdent dans ton pantalon ? De toute façon, tu n'as jamais rien d'intéressant à proposer.

« C'est vrai que je suis maigre à crever », me dis-je, alors que de derrière les petits carreaux de la porte d'entrée je les vois partir. Machinalement, je me rends dans la cuisine aux placards en pin où les casseroles, suspendues à une étagère sur laquelle s'alignent les épices, offrent leur fond d'inox. Dans un petit panier de pêcheur, posé sur la paillasse, je prends quelques oignons et les épluche en essuyant mes yeux pleins de larmes. Un à un, je pose les morceaux de collier d'agneau qui rissolent bientôt dans la marmite avec un léger bruit de criquet. Leur fumet vient me chatouiller les narines sans que j'en éprouve la moindre satisfaction parce que j'accomplis « mon devoir », selon l'expression de Raphaël, avec la certitude que j'aurai des remarques désobligeantes.

Pendant que mon ragoût mitonne, je prends six assiettes, que je porte à la salle à manger. Revenant sur mes pas, je me hausse sur la pointe des pieds pour attraper nos plus jolis verres peu commodément installés sur une étagère haute. Malencontreusement, l'un d'entre eux me glisse des mains et se brise. Affolée par le dégât qui pourrait m'attirer, au minimum, des remontrances, je ramasse les débris que je cache au fond de la poubelle, consciente de n'être plus qu'une petite chose angoissée qui planque ses erreurs, masque ses bleus et ment pour éviter les scènes.

Après avoir achevé de dresser la table, je me rends à la salle de bains pour mettre un peu d'ordre dans mes cheveux longs. En face de moi, le miroir est vide : il ne me renvoie plus d'image ; j'attache ma queue de cheval avec un chouchou à la va-vite. Je voudrais me faire couper les cheveux pour arrondir un peu mon visage mais Raphaël me refuse la moindre séance chez le coiffeur et m'interdit de m'acheter des vêtements. De temps à autre, il me rapporte une jupe ou un pull, noirs la plupart du temps. Ainsi vêtue, il me semble être en deuil. « En deuil de mes rêves de jeune fille, me dis-je en voyant au passage ma silhouette dans la glace de l'entrée, mais la vie n'est pas un rêve. » J'éteins le gaz sous mon plat, qui par bonheur n'a pas attaché, en pensant à mes journées minutées, à mes trajets, toujours les mêmes, maison, boulot, école où je dépose et vais chercher les enfants en hâte. « Je n'ai plus de vie, me dis-je, et ai-je encore seulement le goût de vivre ? »

La réponse arrive avec mes filles, qui m'ont cueilli sur la route un frais bouquet de marguerites.

— Pour toi, maman, dit Agathe en m'embrassant.

— Merci, bonheur de ma vie, réponds-je en les embrassant en retour.

Je sens un sourire illuminer mon visage.

— Tu vois comme on est gentils avec toi ! s'exclame leur père en posant un baiser sur ma bouche puis il ajoute : Allez, assez d'effusions, passons à table.

Mon beau-père, debout derrière sa chaise, dessine sur sa poitrine un large signe de croix qu'imitent sa femme et son fils, puis, de la pointe du couteau, en trace un autre sur le pain. Enfin, les deux mains jointes, la tête penchée sur sa poitrine, il murmure à voix basse une oraison et s'assied.

Pendant tout le dîner, je ne suis qu'une ombre qui va et vient d'une pièce à l'autre, alors que l'on interroge largement Agathe comme Bérénice sur leur scolarité et Raphaël sur ses affaires. Il a, dans la région, obtenu une petite clientèle et insiste sur ses succès.

— La seule ombre au tableau, affirme-t-il en engloutissant le clafoutis que j'ai confectionné pour le dessert, c'est que ma femme ne soit pas plus coopérative, je la traîne comme une merde et elle ne me fait pas de pub.

Comment veut-il que je lui fasse de la pub ? Lorsque je suis invitée avec lui à l'inauguration d'une biennale d'arts plastiques ou à un vernissage de peinture, parfois même chez un client dont il a aménagé l'intérieur, je suis obligée de me coller à lui et de ne pas ouvrir le bec pour ne pas attiser sa jalousie. Comment peut-il avoir oublié le soir où j'ai dû rentrer en stop après m'être fait virer de la voiture à coups de pied ? « Tu ne comprends pas que je t'aime ! Je ne supporte pas qu'on te fasse la cour ! » avait-il hurlé ce soir-là. Pourtant, la discussion que j'avais eue durant la soirée avec monsieur le maire de Monroi, la plus importante commune du canton, m'avait paru bien innocente.

Un coup de poing sur la table m'arrache à ma rêverie et me fait retrouver mon assiette.

— Êtes-vous vraiment avec nous, ma chère Marguerite ? demande mon beau-père d'une voix rude. Permettez-moi de vous dire que vous ne jouez pas votre rôle d'épouse.

Sans répondre, je débarrasse en me demandant quel est ce « rôle d'épouse » qu'on me demande de « jouer ». La vaisselle faite, je retrouve l'assemblée réunie au salon. Les trois fauteuils sont occupés par les adultes tandis que les filles, qui ont installé leur pouf devant la télévision, regardent une émission de variétés malgré mon désaccord. Sachant que l'on ferait chorus pour me demander de leur ficher la paix, je me tais et prends par courtoisie le dernier siège pour faire semblant de m'intéresser à la conversation des adultes. Il n'est question que du divorce de Jean-Pierre.

— Bien que je ne sois pas pour les séparations, je le comprends, le pauvre, affirme mon beau-père en sirotant son cognac. Ce n'est vraiment pas possible de vivre avec une femme dépressive, cette petite Marie lui fait mener une vie insupportable. Il s'est fait un souci épouvantable lorsqu'elle a fugué de Raboté. Sans cesse, elle lui fait des crises qui le rendent malade.

— Il a eu bien du mérite jusqu'à présent, renchérit Raphaël, une femme ne doit tout de même pas miner la santé de son mari.

« Quel mérite ? me dis-je en silence, celui d'assassiner sa femme, sans doute ! Il l'a toujours considérée comme une chose à son service et elle s'est toujours crue inférieure à ce sot gonflé d'orgueil, qui passait son temps à l'humilier. Voilà ce qui lui arrive maintenant, la pauvre... » Une petite voix glisse à mon oreille que je ferais bien de balayer devant ma porte pour éviter que pareille mésaventure ne vienne y frapper, mais je n'écoute que ma colère contre Jean-Pierre. Exaspérée néanmoins par les remarques du père et du fils, j'annonce que je vais me coucher.

— Comme d'habitude, avec les poules ! ricane haut et fort mon mari.

— Vous devriez attendre votre époux, ajoute son père en haussant le ton, comment voulez-vous avoir avec lui la nécessaire intimité d'un ménage si vous prétendez regagner votre chambre alors que vous avez à peine terminé le repas du soir ?

— Je suis fatiguée, réponds-je, en me perdant comme d'habitude dans des justifications inutiles.

— Reste un peu avec nous, demande Agathe, un instant distraite de son émission par les éclats de voix. Papy et mamy ne sont pas là si souvent.

— Laisse ta maman, réplique alors doucement mon mari sur un ton suave. Je ne sais pas ce qu'elle a, mais elle est mal dans sa peau en ce moment.

La nuit m'emporte avec son lot de cauchemars : je me vois dans la rue comme une clocharde traînant un petit chariot de nippes mitées. Je m'éveille et, comme souvent, je tente de lire pour me changer les idées mais rien n'y fait. À quatre heures du matin, affalée sur un pouf mou du salon, je bois une tisane. À six, je prépare les petits-déjeuners. À huit, la famille s'ébroue. À dix, nous sommes tous à la messe. Je me repose enfin et m'évade en contemplant les fresques qui ornent le chœur. Je n'écoute rien de ce qui est dit, jusqu'à ce que mon beau-père, qui aime occuper la première place, monte au pupitre pour lire la prière universelle :

— Pour Marguerite et Raphaël, proclame-t-il d'une voix forte. Pour qu'ils restent à jamais unis, fidèles aux promesses de leur mariage. Pour que d'un pas ferme ils marchent sur Ta route...

Et me regardant fixement, il ajoute :

— Et pour que leur foyer grandisse et soit de plus en plus accueillant aux autres, nous Te prions, Seigneur.

Lors de l'apéritif que mes beaux-parents ont offert aux paroissiens devant l'église, sur la place carrée du village, je me sens mal à l'aise, bien que chacun vienne nous féliciter. J'ai vaguement le sentiment que nous jouons la farce du couple uni que rien ne saurait séparer alors que Raphaël, plein d'attentions, m'entoure d'un bras les épaules et me donne du « ma chérie », en présentant aux uns et aux autres les gobelets de plastique où mousse la blanquette de Limoux.

— Vous pouvez être fier de votre famille, dit le père Sabienride à mes beaux-parents, pendant que Raphaël se rengorge, il y a tant de couples qui se déchirent.

— J'ai toujours élevé mes enfants dans le sens des valeurs chrétiennes, répond mon beau-père en levant le menton.

Je me sens mal et me tiens néanmoins debout pendant que mon beau-père poursuit son discours. Le père Sabienride est-il dupe ? Je voudrais bien le savoir et je tente un moment de lire sur son visage un signe d'assentiment ou de dénégation. Rien ne venant, je voudrais hurler : « Tartuffe ! » Mais je n'ose. Sentant que la conversation me tape sévèrement sur les nerfs, je vais aider mes filles à passer les petits gâteaux, avec le sentiment que le sol tangue sous mes pieds.

Ces vertiges me reprennent souvent pendant les semaines et les mois qui suivent sans que je leur accorde la moindre importance.

Ma sous-merde

Les merles s'échappent du cerisier en ce samedi après-midi de juin 1987, alors que je sors de la maison, une bassine pleine de linge à étendre sous le bras. J'ai de bonnes raisons d'être satisfaite. Je viens d'apprendre qu'Agathe sera admise en seconde au mois de septembre prochain, malgré une année scolaire difficile, et que Bérénice entrera en première, avec félicitations, comme d'habitude. Je suis fière de mes filles et heureuse de les voir grandir. Un sourire aux lèvres, je grappille de ma main libre quelques-uns de ces délicieux petits fruits rouges et ronds qui éclatent dans ma bouche et font rigoler mes papilles, lorsque l'arbre, tout à coup, se met à jouer les bateaux ivres. L'herbe reçoit mon corps devenu flasque, je m'enfonce dans un trou noir.

— Allez, allez, madame Taquet, entends-je, tandis que je sens des mains me tapoter les joues.

J'ouvre les yeux sur le salon de la maison. Mes pieds sont posés sur le bras du canapé en cuir que nous avons récemment acquis et ma tête repose plus bas sur le siège. J'entrevois au-dessus de moi le visage du médecin.

— Vous avez fait une petite chute de tension, il va falloir vous reposer, affirme le brave homme en remettant son stéthoscope dans sa mallette. Où puis-je rédiger mon ordonnance ? demande-t-il à Raphaël, qui tourne en rond avec un grincement de chaussures comme une mouche ne sachant où se poser.

— Par ici, répond mon mari d'un ton aimable en indiquant la direction de la salle à manger d'un geste large.

Les deux hommes quittent la pièce mais je perçois la voix grave du médecin qui parle à mon époux. Par bribes, je comprends qu'il me donne un congé de maladie et demande que je reste allongée le plus possible.

— Mais oui, mais oui, dit mon époux avec toute la suavité d'usage. Ne vous inquiétez pas, je m'en occupe.

J'entends un courtois : « Au revoir, docteur, et merci pour les soins que vous prodiguez à ma femme », puis le son caractéristique de la porte d'entrée qui grince et se referme avec un bruit sourd. Toujours immobile, je ne me sens pas la moindre force pour me relever lorsque je vois réapparaître Raphaël.

— Maintenant, tu nous fais le coup du malaise ! hurle-t-il. Décidément, tu ne sais pas quoi inventer pour me faire chier ! Pauvre sous-merde ! J'ai fait venir ton pisse-menu de toubib par précaution, mais tu n'as rien de grave, il me l'a assuré ! Je suis sûr que c'est psychologique, ton histoire ! Une crise de nerfs ! Ajoutée à une rare envie de te faire plaindre et c'est tout ! Je vais chercher tes médicaments mais tu me casses les couilles !

À nouveau, j'entends claquer la porte d'entrée, cette fois à en faire tomber les carreaux. Dans la maison silencieuse, je me sens plus seule que jamais, j'ai soif et ne peux demander de l'aide à personne. Les filles sont en week-end chez des copains. Je tente un incommensurable effort pour me lever mais mon corps entier semble être devenu de la guimauve et je retombe mollement sur le canapé. J'ai envie d'appeler maman au secours mais me contente de regarder le plafond, dont les poutres floues dansent un lent tango dès que je bouge la tête. Inutilement, je ferme les yeux, mais conserve l'impression que je suis embarquée sur je ne sais quel navire, dont le roulis me donne envie de vomir.

Une voix de stentor me fait tout à coup sursauter. J'ai dû dormir un moment. Je vois apparaître les jambes de mon mari dans leur pantalon bleu marine.

— Allez, prends-moi ça, ordonne-t-il en me tendant un comprimé avec un verre d'eau. Il faut quand même que tu sois en forme pour m'accompagner au dîner du club.

J'ouvre une bouche dont aucun son ne peut sortir puis parviens à articuler :

— Je... je ne peux pas.

— Comment, tu ne peux pas ! tonne Raphaël. Tu ne saurais te dérober à ton devoir. C'est aujourd'hui la passation de pouvoir et je suis vice-président.

À neuf heures du soir, assise entre mon époux et son cher Rucoulo, dans la salle des fêtes de Monroi décorée de ballons multicolores, je m'accroche à ma chaise pour ne pas tomber. Des discours que je n'écoute pas font désagréablement vibrer mes tympans. Décidément, j'ai horreur des dîners de ce club. Comme d'habitude, j'attends que sonne le départ, impavide devant l'assiette où je vois défiler des plats auxquels je touche à peine. Décidément, je ne me sens pas bien.

— Elle est pâle, ta femme, fait observer à Raphaël son ami Saint-Paulin, assis en face de nous.

À l'évidence, ma petite mine ne passe pas inaperçue mais mon mari rassure son monde en répondant sur un ton apitoyé :

— Je sais, je fais ce que je peux pour la soigner mais elle a une petite santé, la pauvre. N'est-ce pas, ma chérie ? ajoute-t-il en se tournant vers moi.

Puis je l'entends glisser à l'oreille de la sémillante Amandine Rucoulo, assise à sa droite :

— En réalité, je la crois dépressive, ma femme, je suis obligé de la forcer à venir dîner avec nous pour lui changer les idées, mais rien n'y fait. Tu as vu ? Elle est incapable de s'amuser. Je suis vraiment très affligé.

Alors que l'on passe les fromages, une jeune fille vend des roses au profit des enfants victimes de maladies génétiques. En bon époux, Raphaël m'en achète un bouquet, qu'il me remet en posant un genou à terre.

— Tiens, ma chérie, proclame-t-il, donne à tes joues l'éclat de ces quelques fleurs.

— Ah ! ce cher Taquet ! entends-je, un vrai prince charmant !

Dans la voiture qui nous ramène à la maison, pendant que ma tête dodeline sur le dossier, je ne pense plus qu'à une chose : retrouver mon lit solitaire.

— On peut dire que t'es pas vraiment un boute-en-train, soupire mon mari, t'as vu la gueule que t'as tirée pendant toute la soirée ! Si tu crois que tu vas m'apporter des clients avec une tronche pareille, pauvre sous-merde ! Tu pourrais comprendre que ça compte, d'avoir une épouse aimable et accorte !

Je m'en fous, je suis crevée et je sais qu'avec ou sans moi le club, comme un tremplin professionnel, apporte à mon mari de nombreuses commandes. Il a tant d'aménagements d'intérieurs à exécuter qu'il a dû installer son atelier à Monroi et s'est octroyé les services d'un dessinateur.

J'ai songé un moment que son ascension sociale arrangerait son humeur à la maison, qu'il a aménagée dans le style pompidolien très pur dans lequel il est resté figé. Il l'a voulu vitrine de son savoir-faire. Les murs sont peints de couleurs flashantes où le vert domine, et je passe mon temps à astiquer des tables vitrées aux pieds d'acier qui semblent attirer la poussière comme un aimant. J'aurais préféré conserver à l'ancienne ferme un aspect plus rustique mais mon époux a décidé que je n'avais aucun goût et qu'il ne fallait pas « regarder la vie avec un rétroviseur ».

« Ah ! on reconnaît bien la patte de Raphaël », s'exclament certains de ses amis en arrivant chez nous. Sans le savoir, ils ont mis un terme définitif à toute revendication de ma part puisque, depuis un certain temps, je pense que je ne vaux rien.

C'est dans cet état d'esprit que je regagne ma chambre et m'endors.

Alors que les bras de Morphée m'enveloppent encore, j'ai l'impression qu'un tremblement de terre agite la pièce. Réveillée en sursaut, je m'aperçois qu'il fait grand jour ; Raphaël agite mon matelas dans tous les sens et finit par me flanquer par terre.

— C'est le bordel, ici ! hurle-t-il en soulevant ma jupe d'un pied, t'as vu l'heure !

Un bref coup d'œil sur ma montre m'indique midi.

— Tu ne me feras pas croire que tu n'as pas entendu la tondeuse, feignasse ! ajoute mon mari en me labourant les côtes avec ses pieds, alors que je gis à terre.

Dans l'effort que je fais pour enfiler un tee-shirt et un pantalon, je ne sais pas où je n'ai pas mal. Péniblement, je descends l'escalier hélicoïdal en béton que m'a imposé Raphaël (jugeant que celui d'origine était ringard) et je me rends à la cuisine, où traînent encore les reliefs de son petit-déjeuner.

En mettant mon gratin au four, alors que la tondeuse pétarade sous la fenêtre, je sens mon cœur battre à toute vitesse dans ma poitrine. Craignant de m'évanouir à nouveau, je m'assieds en écoutant le vacarme de la machine. Je vérifie que mon mari n'est pas sur le point d'entrer et tends tout ce qui me reste de force pour achever mon ouvrage, lorsque revient le silence. D'une voix tremblante, j'appelle alors à table.

Devant l'assiette, que je regarde sans éprouver la moindre envie d'y toucher, des idées sombres me viennent à l'esprit. Je voudrais m'étendre sur le carrelage et m'endormir à jamais.

— Tu ne vas vraiment pas bien, ma pauvre femme, c'est un psychiatre, qu'il te faut ! assène Raphaël. Regarde-moi ces roses que je t'ai données hier, tu les as laissées là comme un tas de crottes ! Voilà ce que tu fais de mes attentions !

— Tu as raison sur un point, je vais aller voir un psy, réponds-je sur ton morne.

Le repos que m'a ordonné le médecin me fait pourtant du bien. Toute la semaine, je peux trouver un peu de temps pour m'allonger l'après-midi, alors que mon mari est à son bureau et mes filles en classe.

Le vendredi, dès la sortie de leurs cours, je range avec Bérénice et Agathe l'ancien atelier de Raphaël car elles y reçoivent leurs amis. Nous agrémentons la grande pièce carrelée de blanc par des rubans que nous tendons au plafond, en laissant dégringoler sur les murs leurs pans aux couleurs de l'été. Sur d'anciennes tables à dessin, nous posons de grands draps sur lesquels s'alignent bientôt pizzas, quiches lorraines et terrines. Lorsque tout est fin prêt, je laisse à mes filles leur territoire et vais préparer le repas, que je prendrai seule avec Raphaël.

En attendant mon mari, je vois parfois arriver tour à tour l'une de mes deux filles, très excitée.

— T'aurais pas un tire-bouchon, maman ? demande Bérénice, dont les mèches bouclées s'échappent d'un chouchou dans lequel elle a entortillé ses longs cheveux.

— Tu permets que je prenne un torchon, maman ? interroge Agathe, qui laisse ses cheveux rebelles voler au vent.

J'admire ma brune et ma blonde en souriant. L'une a choisi une petite robe fleurie, tandis que l'autre s'en est tenue à son jean, sur lequel pendouille une chemise à carreaux bleus et blancs. Je vois soudain apparaître le père, qui a sur le front cette barre de mauvais augure qui me fait frémir. À peine a-t-il franchi le seuil qu'il s'exclame :

— T'as entendu ce potin qu'ils font, en face, va leur dire de me baisser un peu cette musique.

— Ils s'amusent et ne dérangent personne, réponds-je, mais si c'est ton idée, vas-y toi-même ou bien nous le leur demanderons tout à l'heure. Ils viendront nous chercher pour prendre un pot avec eux.

— Eh bien ! puisque tu ne veux jamais m'écouter, je me casse, rétorque mon mari.

— Ne gâche pas leur fête, m'entends-je répliquer, attends au moins que…

En un rugissement, mon mari m'interrompt et se précipite sur moi, je me recroqueville en protégeant ma tête de mes mains qui reçoivent une volée de coups de clef. Le sang jaillit, éclaboussant le carrelage. Raphaël se précipite sur une serpillière en hurlant :

— Si tu dis que c'est moi qui t'ai fait ça, je te tue !

Ployée sous la douleur, je comprime tant que je peux les plaies en silence puis les bande maladroitement. L'instant d'après, je vois la charmante tête de Bérénice s'encadrer dans la porte.

— Vous venez, les parents ? demande-t-elle.

— On arrive, mon cœur, réponds-je d'une voix que je voudrais enjouée.

Comme un elfe, ma fille est déjà repartie. Raphaël me regarde, l'air furieux, alors que je défais le pansement ; mes mains gonflent comme des ballons de baudruche mais elles ne saignent plus. Après avoir caché les linges souillés dans la machine à laver, je lève la tête et lance à mon mari sur un ton ferme :

— On y va.

En face, règne une atmosphère de fête, à laquelle se mêle immédiatement le Raphaël fanfaronnant que je connais bien. Après avoir dansé un rock avec Agathe, il fait taire la musique et lève son verre à la santé de tout le monde tandis que, sans rien boire, je tente de masquer l'étendue des dégâts. Le manège n'échappe cependant pas à Bérénice, qui gémit :

— Oh ! ta main, maman !

Mais elle n'en dira pas plus, je sais qu'elle sait sans oser y croire. Agathe ne dit mot mais m'observe avec un air attendri, tandis que le regard de son père, qui n'est pas dupe, se pose sur elle.

Ma flaque de chiasse

En ce dimanche d'octobre 1993, je suis seule sur le quai de la petite gare de Soulard, agitant bêtement le bras en un au revoir pathétique, comme si le train de Paris qui disparaît au loin allait faire machine arrière. Mon âme roule avec mes enfants vers la capitale, où elles partent l'une dans une école de commerce, l'autre aux Beaux-Arts. Regagner la maison vide m'est insupportable, au point que je m'assieds sur un banc, en bordure de quai, pensant un instant y rester jusqu'à leur retour. Le timbre de leurs voix résonne à mes oreilles.

— Allez, mamounette, murmure Agathe en m'embrassant, ne sois pas triste, on reviendra.

— T'inquiète pas, maman, assure Bérénice d'un air protecteur, on ne part pas dans le désert de Gobi, pour reprendre ton expression favorite.

— Ah ! perles de ma vie, réponds-je, avec un soupir.

Au souvenir de leurs tendres paroles, c'est moi qui le traverse, le désert.

Longtemps, je reste ainsi, prostrée, dans l'or du jour qui s'enfuit, tant l'idée de regagner la maison vide m'afflige et me terrorise. Un homme, coiffé d'une casquette, passe devant moi, indifférent à ma détresse. Un instant, j'ai envie de m'allonger sur la voie mais je regagne ma voiture comme un automate. Elle me conduit toute seule jusque chez moi, où j'arrive la mort dans l'âme.

Bérénice a oublié un petit sac, qui traîne dans l'entrée comme une part d'elle-même. Précieusement, je vais le ranger dans sa chambre où flotte la délicieuse fragrance de son parfum. Passant devant le miroir de ma fille, posé là comme un objet devenu inutile, j'aperçois mon visage sans couleur. Les larmes qui voudraient sourdre nouent ma gorge qui s'apparente à un linge essoré à pleines mains.

Je ne sais combien de temps il me reste avant que Raphaël ne revienne de sa partie de chasse. Il arrive parfois au moment où le soir lève à peine ses ombres fraîches mais, plus rarement, il ne rentre que sous le manteau sombre de la nuit. Sans conviction, je ne mets sur la table de la cuisine que nos deux seuls couverts puis, sans me donner le moindre mal pour cuisiner, je sors du congélateur une paella surgelée. À peine ai-je achevé mon ouvrage que j'entends les pneus de sa voiture crisser sur les gravillons de la cour. Un coup d'œil par la fenêtre, et je vois mon mari dans sa veste kaki, son fusil sur l'épaule. Il ouvre le coffre, fait sortir Maïne, sa chienne, et avance à grands pas derrière elle.

La porte s'ouvre sans que j'entende le moindre mot ; de même, il passe devant moi sans un regard et range dans le réfrigérateur un faisan qu'il sort de sa besace. Comme d'habitude, ses bottes marquent son passage de petits tas de boue. Son fidèle toutou, qui le suit, s'ébroue en maculant le sol de milliers de brunes gouttelettes malodorantes. Depuis belle lurette, j'ai renoncé à faire la moindre observation sur ces pratiques irritantes, car je sais que cela ne serait suivi d'aucun effet. Comme toujours en pareil cas, je me précipite sur la serpillière pendant que mon mari va se changer, puis revient s'installer à table.

— Alors, t'es effondrée ! T'as perdu tes béquilles, flaque de chiasse, lance-t-il en avalant son riz à toute vitesse.

Avec la même rapidité, il engloutit une compote et ajoute :

— Bon, je vais regarder mon émission. J'espère que tu as pensé à l'enregistrer jeudi dernier.

Pendant qu'il fuit vers le salon pour s'adonner à sa passion cathodique, je débarrasse, sans avoir touché à ma nourriture. Il faudrait que je mange mais je n'ai plus qu'une corde à la place de l'estomac. Pour éviter de me coucher à jeun, j'avale avec peine un yaourt, puis, tentant de me distraire, je rejoins mon mari devant le petit écran. Il est là, vautré sur le canapé, sirotant son whisky, un cigare à la main. Non loin, un petit fauteuil d'angle me tend les bras, je le déplace pour m'installer face à la télévision mais je ne m'y suis pas encore assise que mon époux se rue furieusement sur moi et me pousse en hurlant :

— Tu ne vas pas encore venir me faire chier, non !

Je sens ma tête secouée de paires de claques puis l'entends sonner par terre. Un éclair blanc vient se figer devant mes yeux et je me sens sombrer.

J'ouvre un œil… Où suis-je ?… Tiens ?… Dans ma chambre… allongée nue sur la moquette… J'ai mal au crâne… Ah ! oui… Raphaël m'a encore foutu une raclée… Il est sans doute parti… comme souvent… J'ai froid… il faut absolument que je m'habille… Allez, fais un effort, ma vieille.

À quatre pattes, je m'appuie sur mon lit pour me mettre debout. Péniblement, j'enfile un pyjama puis une robe de chambre. J'ai peur. Cette fois, je vais appeler maman. Un regard sur ma montre m'indique minuit et demi, je sais qu'elle se couche très tard mais même si je la réveille, tant pis, il faut absolument que je hurle au secours.

Ça sonne à l'autre bout du fil.

— Qu'est-ce qui se passe ? demande la voix angoissée de ma mère.

— Raphaël m'a flanquée par terre dans le salon, lui dis-je. Sans doute ai-je perdu connaissance car je me suis retrouvée dans ma chambre.

— Tu fais venir le médecin et tu divorces, répond maman fermement. Il y a trop longtemps que nous nous taisons. Je sais qu'il te bat. Je te rappellerai demain matin pour avoir de tes nouvelles.

Après avoir raccroché, je pose le téléphone sur mon ventre comme l'on resterait attaché à son cordon ombilical et m'installe dans un large fauteuil de cuir aux bras mous, tentant une position qui atténue mes douleurs. Comme une méduse échouée sur le sable peut espérer la vague salvatrice qui la ramènerait au large, j'attends la fin de la nuit. Mes illusions de jeune fille se heurtent dans ma tête à la vie infernale que je mène. Où est passé le fiancé qui m'a séduite ? Je ne peux pas croire qu'il se soit transformé en homme sadique, c'est moi qui suis coupable, je n'ai jamais su l'aimer, jamais je n'ai pu lui donner de bonheur, alors que ce mot présidait à mon seul désir. Je voulais apaiser la souffrance que je sentais en lui mais qu'ai-je fait de ma propre personne ? Je me suis désignée comme victime inutile et voilà où nous en sommes aujourd'hui. Raphaël, mon amour et ma douleur, notre couple a dérapé dès le départ et puis il est parti à la dérive et me voilà morte à demi. Pensant un instant à moi seule, je songe : « Il va finir par me tuer ou m'invalider définitivement. » Je me vois sur un lit d'hôpital, grabataire, mais je veux chasser ce fantasme, non, ça n'est pas possible, le père de mes enfants ne peut pas me faire ça. Je voudrais ne plus penser à rien mais je ne peux pas, ma vie défile sous mes yeux dans un mouvement aussi rapide que celui des passants sur les Grands Boulevards. Raphaël souriant, Raphaël grimaçant, Bérénice bébé puis déjà jeune fille, Agathe et ses éclats de rire, Agathe malade, Agathe étudiante, la maison en ruine, les brouettes que je pousse, les ouvriers qui y travaillent, les meubles progressivement apportés, mes rêves assassinés, et je suis là, clouée, regardant l'heure sans cesse.

L'aurore blanchit les fenêtres, je n'ai encore que quelques heures à attendre pour appeler le docteur. Il est certain que je ne pourrai pas me rendre à mon travail aujourd'hui, je ne tiens pas debout. Il va me falloir avouer que mon mari me bat et j'ai honte mais, dans la misère de ma solitude et de mes souffrances, j'ai besoin que l'on m'aide.

À huit heures et demie, j'ouvre la porte à une frêle jeune femme souriante qui se présente :

— Je suis Mme Garue, l'associée du Dr Durex.

Immédiatement en confiance, je raconte d'une voix blanche ma soirée de la veille.

— Vous avez fait une commotion cérébrale, affirme-t-elle doucement, il faudrait vous hospitaliser.

Sur mon refus, elle insiste, mais le téléphone sonne : c'est maman qui veut que je me rende à Paris ; je ne peux pas, je n'ai pas la force de faire le voyage.

— Le docteur est là, lui dis-je en conclusion, je vous la passe.

Par bribes me parvient la conversation.

— Il faut la laisser se reposer, entends-je. Non... elle n'est pas mûre pour demander le divorce maintenant… il faut lui laisser le temps de faire son chemin… Oui… Au revoir, madame… Ne vous inquiétez pas, je m'occupe d'elle.

La jeune doctoresse raccroche pour se pencher à nouveau sur moi.

Après m'avoir méthodiquement auscultée, en prenant garde de ne pas me faire trop mal, elle me donne un comprimé et laisse la boîte sur une table basse.

— Je ne vous hospitaliserai pas de force, madame Taquet, mais voici un arrêt de travail. Je dois vous dire que votre maman a raison, il va falloir que vous songiez sérieusement à divorcer. À cette fin, j'établis un certificat de coups.

À peine a-t-elle tourné les talons que le téléphone sonne à nouveau. C'est mon frère Thibaud qui m'appelle, cette fois : il est médecin lui aussi et me parle sur un ton affectueux mais plein d'autorité :

— Maman m'a dit ce qui t'arrivait. Tu appelles immédiatement le 01 40 33 80 60, martèle-t-il… Va chercher un papier et un crayon… bon, tu notes…

Il répète encore méthodiquement :

— 01 40 33 80 60, allez, bon courage, je prendrai de tes nouvelles avant la fin de la matinée.

« J'ai donné un coup de pied dans la fourmilière, on dirait qu'on s'agite à Paris », ne puis-je m'empêcher de penser en posant le combiné. Je le reprends dans la minute qui suit pour composer le numéro indiqué, sans savoir à qui j'aurai affaire.

Une musique apaisante berce mes oreilles pendant qu'une voix suave m'enjoint d'attendre : j'ai contacté SOS Violences conjugales. Rapidement, je raconte mon histoire et avoue mes angoisses.

— Mais vous avez raison d'avoir peur, affirme la voix qui vient de je ne sais où, des femmes comme vous, il y en a plein les hôpitaux.

« Allons, allons, vous le savez bien que vous êtes une victime, répond-on, alors que je plaide coupable.

« Non, non, *rien ne justifie les coups*, affirme-t-on d'une voix forte.

Lorsque je mets fin à la conversation, je me sens soulagée du poids énorme de solitude et de culpabilité qui pesait sur mes épaules. Curieusement, j'ai faim, ce qui ne m'était pas arrivé depuis longtemps, et je vais me tartiner un morceau de pain que j'avale avec une tasse de thé sucré. Puis je planque le certificat établi par le médecin sous mon matelas.

Le mot « victime », que j'ai entendu pour la première fois, résonne alors à mes oreilles. C'est lui qui m'a mise dans cet état, j'en suis sûre. Si sûre ? Non, non, j'ai ma part de responsabilité dans cette histoire ; si nous en sommes là, c'est que j'ai laissé faire.

Ma plaie béante

Le scandale de notre couple me poursuit comme l'œil dans la tombe Caïn. Comme lui, pâle et frémissant au moindre bruit, furtive, sans regarder derrière moi, sans trêve, sans repos, sans sommeil, je tente en vain de fuir la culpabilité qui me ronge.

Je ne peux pas quitter mon mari. Avec lui, je me sens collée comme une mouche sur un papier à glu et je subis les humiliations, les sarcasmes et les coups comme si je ne méritais que ça. Souvent, j'appelle SOS Violences conjugales, je raconte mes malheurs, mais je ne peux pas suivre les conseils que les voix douces me donnent au téléphone.

J'ai compris que Raphaël prenait nos filles en otage. Mes poumons, par habitude, respirent encore et mon cœur bat mais je n'ai plus d'existence. Estampillée par l'abomination qui se lit dans les rides précoces de mon visage, aussi bien que dans toute ma manière d'être, je tremble jusque dans les rayons du supermarché. Perdue dans ce temple de la consommation, j'y cherche encore en vain de quoi satisfaire un époux toujours mécontent. Je tourne en rond, alors que s'étalent copieusement des victuailles qui me dégoûtent. Au lycée, je donne mes cours sans y croire, mes fréquents arrêts de maladie, pour lesquels je donne de futiles motifs, laissent à penser que je suis fumiste. Par-dessus le marché, je perds mes papiers, j'arrive en retard et je sens peser sur mes épaules le terrible regard de ceux qui me jugent. À la maison, je laisse faire Maïne, qui défonce la poubelle, monte les ordures sur le palier ou bouffe les pieds de table. Décérébrée, j'ai perdu toute confiance en moi, je m'enfonce dans la déprime sans voir d'issue.

Il me prend parfois des envies frénétiques de « faire le ménage », j'astique, je cire, je brique, je nettoie mon « intérieur » souillé sans cesse par les excréments de la chienne, qui n'est dressée que pour la chasse. La brave bête a droit aux caresses de son maître qui joue à la balle avec elle sur les canapés du salon, pendant que je ne reçois qu'injures ou indifférence.

— Regarde-moi ça, à quoi tu ressembles, répète inlassablement Raphaël, tu n'es qu'une plaie béante. Je me demande comment ton connard de psy n'arrive pas à soigner ta souffrance.

C'est qu'elle ne peut s'exprimer, cette douleur profonde. Je ne sais plus d'où elle vient. Je la sens grandir au fond de moi comme un cancer qui me bouffe, bien que j'avale force anxiolytiques et antidépresseurs.

— Si ta mère ne t'avait pas foutue en pension quand tu étais petite, nous n'en serions pas là, affirme souvent mon mari, mettant le doigt dans des plaies d'enfance pour se disculper.

Il fait mouche et je songe que j'aurais mieux fait de me taire puisque les failles de mon éducation me reviennent à la figure comme un boomerang, figeant un cri d'angoisse sur mes lèvres closes. L'indicible peu à peu s'ancre profondément dans mon être, comme un bateau se prend dans les glaces de la banquise, et j'ai le cœur gelé.

Face à mon psychothérapeute, je ne peux percer l'énorme abcès qui m'habite, je ne cherche en surface qu'un moment apaisant et raconte les succès de mes filles, mon seul soleil.

— Et vous ? demande le bel homme aux tempes grisonnantes qui me reçoit. Vos succès, vos échecs, vos angoisses ? Je voudrais que vous me parliez de vous.

Lui parler de moi ? Un cri de douleur muet me noue alors la gorge et j'entends Raphaël hurler : « Que la honte t'envahisse ! » Elle me monte au visage, la honte, et je me sens rougir puis pâlir tour à tour, j'ai honte aussi de cette réaction involontaire. De toute façon, c'est ma faute si mon mari se déchaîne contre moi ; il est impeccable, vu de l'extérieur, mon homme en col blanc, et si charmant en société, comment pourrait-on croire que ça n'est pas moi qui « le pousse à bout », comme il dit ? « Tu n'es bonne qu'à être enfermée », affirme-t-il souvent, c'est sûrement ce qui va m'arriver si j'ose ouvrir la bouche. Les séances se suivent et se ressemblent, j'évoque mes auteurs préférés : Chrétien de Troyes, Rimbaud, Verlaine. Mes consultations se réduisent à une aimable conversation de salon et j'oublie Mallarmé et ma thèse assassinée pour cause de mariage. Je sens bien que l'homme au sourire affable voudrait me tirer « les vers du nez ». « Qu'en pense votre mari ? » demande-t-il souvent. Mon corps tout entier alors se raidit, mon cœur bat la chamade.

— Que c'est de la littérature, comme on dirait « c'est de la merde », m'entends-je pourtant répondre un jour. Lire, pour lui, c'est du temps perdu.

Les larmes me viennent aux yeux. Quoi ? Qu'ai-je dit ? Que mon mari ne respectait pas ma passion première ? Qu'il ne me respectait pas du tout, finalement. Je ne peux pas aller plus avant. Comme d'habitude, lorsque l'on met le doigt sur une souffrance trop grande, je zappe sur les coups que je reçois et pars dans une tirade sur mon emploi du temps si bien rempli que, de toute façon, je n'ai pas une minute à moi. Non, je n'ai pas un instant à me consacrer mais ça n'est pas grave, n'est-ce pas ? ce qui compte, c'est de « prendre ses responsabilités de mère et d'épouse », selon les termes de mon époux. Je trimballe ses phrases sans retrouver les miennes jusque chez le thérapeute. De moi, il ne peut tirer un mot. Je n'ai plus de moi. Ma vie a fondu dans la famille que je veux protéger encore, malgré son évidente faillite.

— Alors, qu'a dit le psy ? interroge régulièrement Raphaël, en m'invitant à m'asseoir près de lui pour regarder l'une des émissions télévisuelles qu'il préfère.

— Que j'allais mieux, réponds-je invariablement.

— Eh ben ! on voit bien qu'il ne vit pas avec toi ! s'énerve-t-il.

Tête basse, je tente alors de fuir vers le jardin pour contempler les étoiles mais elles ne sont pas au rendez-vous de mon âme assassinée. Dans la nuit froide et noire de l'hiver, mon âme en mal d'amour grelotte.

Un soir du début de décembre, je vois revenir mon époux souriant. À ma grande surprise, il tient un petit paquet à la main, qu'il me remet aimablement en murmurant :

— Tiens, voilà de quoi te remonter le moral.

J'arrache le papier avec enthousiasme pour trouver une bouteille de crème de whisky. Les remèdes que je prends m'interdisent d'avaler la moindre boisson alcoolisée, nous le savons tous les deux mais, pour éviter une scène de plus, je sors deux verres. Nous nous rendons au salon où nous trinquons, comme il dit, « à nos amours ».

Tout à coup, je ressens une euphorie inédite et plaisante alors que nous passons à table.

— Tu vois que tu es encore capable d'être drôle, affirme Raphaël, pendant que je pouffe en mangeant un mille-feuille, dont les flocons de sucre blanc s'éparpillent sur la nappe.

Mon hilarité semble mettre mon époux de charmante humeur, je n'en reviens pas de ce qu'il n'ait fait, au cours du repas, aucune observation désagréable sur mes plats. Il est apparemment satisfait des effets de son cadeau, qui nous tourne la tête, et se montre si tendre que je crois retrouver le jeune homme qui me câlinait de mots doux et me couvrait de caresses. Un espoir insensé m'envahit l'âme alors qu'à la fin du dîner il vient à moi et dépose un baiser sur mes lèvres.

— Ah ! comme je t'aime quand tu es comme ça ! s'exclame-t-il en me prenant dans ses bras.

Comme deux jeunes tourtereaux, nous allons nous coucher dans la chambre où je dormais seule et nous vivons l'ivresse d'une nuit de miel dont le souvenir me poursuit toute la journée du lendemain. Pour signer cette nouvelle rencontre, je fais un saut chez le boucher de Sagiris, avant de rentrer chez nous et achète les tournedos Rossini dont Raphaël raffole.

Lorsque entre chien et loup je regagne la maison, sur la route sinueuse qu'éclairent mal les phares de ma voiture, je lis dans cette pâle lumière l'espérance d'un avenir conjugal et je chante. Une petite voix en moi insinue que les effets de la boisson ne sont pas étrangers à nos curieuses retrouvailles mais je l'étouffe et songe à celui que j'aime encore malgré ce qu'il me fait subir. « Si l'artiste lumineux qui vit en lui, me dis-je, pouvait enfin s'exprimer pleinement, alors nous serions heureux. »

Puis je pense à mes filles qui vont revenir un temps fêter avec nous ce Noël 1997 dont je pressens, je ne sais pourquoi, qu'il est peut-être le dernier. Mais je veux leur offrir en cadeau la paix de notre ménage.

La nuit couvre la campagne de son noir manteau lorsque rentre mon mari et je comprends que cette paix ne sera qu'au prix d'un apéritif quotidien ; mais qu'importe, je l'absorbe et y prends goût.

Dès le début de leurs vacances d'hiver, elles sont là, mes deux libellules, butinant le bonheur de leur jeunesse qu'elles nous font partager. Leurs anciens camarades d'école viennent leur rendre visite, égayant la maison de musique et de rires.

— Vous buvez trop, les parents, fait un soir observer Bérénice, assise sur le dossier du canapé.

— Mais non, répond son père, un petit coup pour le moral n'a jamais fait de mal à personne.

Je sais que ma fille a parlé juste et j'ai honte mais Raphaël ajoute :

— Regarde-la, ta mère, comme elle est belle quand elle sourit, je fais tout ce que je peux pour lui faire du bien, tu sais, elle est si mal dans sa peau.

Puis il raconte mes « crises » et explique à quel point je lui rends la vie insupportable.

— Je n'ai même pas le droit de sortir lorsque je veux respirer un peu, conclut-il.

Agathe, qui est venue nous rejoindre, s'est figée dans l'embrasure de la porte en entendant la fin du discours.

— Il faudrait quand même que tu sois plus cool avec papa, dit-elle sur un ton affectueux.

Soudain, je sens peser dans l'air une tension que je veux à tout prix éviter et je me tasse sur moi-même, en réprimant le hurlement de douleur qui voudrait jaillir. Le dos voûté, je regagne mes fourneaux, comme si mon salut était, comme toujours, dans la fuite.

Muette, je sers la soupe chaude dont mes filles restent friandes, en étouffant la plainte qui monte en moi : « Raphaël a beau jeu de se donner le rôle du *pater familias* », me dis-je, en écoutant à peine ce que content mes tourterelles.

— Allô, maman, t'es là ? lance soudain Agathe, me ramenant sur terre.

— Laisse, répond mon mari, elle est toujours absente.

Les journées se suivent en un tourbillon de courses et de préparatifs. J'écoute et acquiesce aux désirs de mes filles, qui prennent des initiatives avec un tel plaisir qu'il devient le mien. Un sapin de Noël brille bientôt dans le salon et je savoure ce bonheur que je sais éphémère.

La messe de minuit, les présents, les cris de surprise, les papiers partout autour de la crèche, nous sommes encore quatre chez nous mais pour si peu de temps que chaque instant m'est un précieux cadeau. Affamée de tendresse, je m'empiffre du bonheur que me donnent mes enfants. Assoiffée d'amour, je bois goulûment les instants qu'elles m'offrent. Je prends tout, leur jeunesse, leurs sourires, l'éclat de leur beauté – et ce n'est pas grave si elles font des caprices.

Pourtant, elles doivent reprendre bientôt le chemin de leur propre vie, retrouver leurs études. Et, dès le 2 janvier, dans la sinistre gare de Soulard, je regarde le train qui s'enfuit au loin, emportant avec lui le charme de Bérénice et celui d'Agathe. La fête est finie. Je reste encore un instant sur le quai jauni du triste halo de l'unique lampadaire. Un homme gît là sur un banc, une bouteille de vin à ses pieds. Je voudrais rester, comme lui, absente d'une vie trop dure, trouvant dans la boisson comme un lot de consolation. « N'es-tu pas déjà tombée dans le piège avec les apéros de ton mari ? » dit en moi une voix profonde. Sans doute, Agathe et Bérénice ont raison, je bois trop. Pour elles, il est temps de réagir, leur mère ne peut devenir une clocharde. Je retourne à la maison dans cet état d'esprit.

Deux tours de clef dans la serrure me montrent immédiatement que Raphaël n'est pas encore arrivé. Qu'à cela ne tienne, pour une fois, je dîne sans l'attendre. Refusant, en un sursaut de vie, ses paradis artificiels, je monte me coucher en laissant son couvert mis sur la table de la cuisine.

Soudain, des hurlements m'éveillent. Je sens mon corps faire un bond dans mon lit. Raphaël est dans ma chambre. Tel un forcené, je le vois écrire sur le mur. Les lettres noires contrastent avec la blancheur immaculée du mur ! J'hallucine ? ! Non, mais c'est pas vrai ? ! IL TAGUE ! ! ! « Je… veux… que… tu… partes… en… mai… son… de… re… pos… » Je cauchemarde ou quoi ? ! Mais si, c'est vrai !… Vite, JE DOIS LAVER ! Retirer la crasse ! Effacer l'infamie ! LAVER ! Un autre bond me tire de mon lit. Je cours vers la salle de bains. Je gratte, je nettoie, je veux virer cette saleté, cette cochonnerie, cette merde. Raphaël me crache au visage en hurlant ! Mais je m'en fous ! Gueule si tu veux, c'est pas grave ! L'ignominie, je la VIRE du mur :

— Tu fous le camp te soigner ou c'est moi qui me tire ! vocifère mon époux.

Je continue à gratter. Je n'ai plus qu'une obsession : NETTOYER. La cuvette atterrit tout à coup sur mon lit et je reçois en pleine figure le paquet de lessive. Portant ma main à mon visage, je découvre que mon nez saigne. Je voudrais le soigner, mais l'homme furieux me tire les cheveux et me pousse à coups de pied sur le palier. Mes yeux terrifiés voient arriver l'escalier, que je descends douloureusement sur le coccyx, pour atterrir sur le carrelage de l'entrée. Raphaël vocifère :

— Je vais prévenir les filles que tu as encore fait une crise.

— Nooon ! lui dis-je en un long gémissement, pas ça, je t'en supplie ! Laisse-les vivre leur vie.

— Plaie de merde, tonne-t-il en m'arrachant au sol, je fais ce que je veux !

Une secousse m'envoie sur la cloison, un brouillard opaque me noie le regard, je ne sais plus où je suis. Tout à coup, je sens sur mon corps un air vif, devant moi un trou noir, la porte est ouverte, il est parti sans doute. Sur le sol vert pâle, la tache rouge de mon sang m'effraie, je vais mourir. L'image de Bérénice apparaît tout à coup avec celle d'Agathe.

— Accroche-toi, maman, murmurent-elles d'une seule voix.

— Ah ! perles de ma vie, je veux vous revoir, chuchotent malgré moi mes lèvres...

Et des larmes que je croyais taries depuis longtemps inondent mes joues glacées.

Maman ! il faut que je l'appelle ! À grand-peine, je me traîne jusqu'au téléphone, si près de moi dans l'ancienne pierre à évier mais non, c'est le numéro de SOS Violences conjugales que je dois composer. Je me souviens qu'il est planqué comme une suite de chiffres incompréhensibles dans une poche de mon sac posé auprès du combiné.

— Avez-vous un verrou qu'il ne puisse ouvrir ? demande bientôt une voix douce.

— Oui, réponds-je simplement.

— Eh bien, fermez-le et surtout ne laissez pas rentrer votre mari, conseille-t-on.

La frayeur me commande d'obéir. Avec la force que me donne cette terreur, je peux rejoindre mon fauteuil où je me blottis comme je peux, avec mon téléphone à portée de main, attendant sans bouger la fin d'une nuit interminable. Un seul refrain tourne, lancinant, dans ma tête : « Pourvu qu'il foute la paix à nos filles. »

Le jour tarde à se lever, ma montre indique trois heures du matin puis quatre, puis cinq, puis six, je me sens défaillir. Ma main, mécaniquement, tape sur les touches de mon seul salut, le numéro de téléphone de ma mère.

— Je viens te chercher et tu divorces. En attendant, appelle le médecin, commande-t-elle d'une voix ferme.

Sans état d'âme, j'exécute cette fois ses ordres. Je n'entends presque rien de ce que dit le médecin qui se penche sur moi, à peine puis-je percevoir la voix douce et la frêle silhouette de la jeune femme qui voudrait m'aider. Je ne réponds plus qu'abonné absent au club des humains.

— Mes parents sont sur la route, ils arrivent, lui dis-je malgré tout, alors qu'elle voudrait m'hospitaliser.

À cinq heures de l'après-midi, mon père et ma mère sont là. Papa, qui a soufflé ses quatre-vingts bougies, semble atterré. Maman, qui fête le jour même ses soixante-douze ans, demande immédiatement les certificats médicaux, les met dans son sac puis prend les rênes de la maison.

Ils ont été écartés de ma vie pendant plus de vingt ans. Raphaël ne voulait pas qu'ils sachent… et pourtant, je sais qu'ils savaient. Je sais qu'ils souffraient en silence, je sais qu'ils gardaient au fond du cœur le secret honteux. Sans doute pensaient-ils qu'il y avait un petit espoir pour que notre couple tourne à peu près rond. Moi-même, j'entretenais cette flamme. Maintenant, je suis en danger de mort et ils sont là. L'heure de vérité a sonné, je ne peux plus me leurrer, je ne dois plus rien cacher. Comme moi, papa et maman doivent avaler cette incroyable réalité. La seule solution, c'est de me sauver la vie. La voix étranglée de maman m'arrache à mes songes :

— Je vais faire les courses, affirme-t-elle, il faut que tu manges.

Puis, affermissant le ton, elle interroge :

— Où sont les magasins les plus proches ?

D'un geste las, je dessine un trajet en indiquant la direction de Saporna.

— Vous y trouverez tout ce que vous voulez, dis-je d'une voix blanche.

Pendant son absence, papa, un genou en terre à côté de mon fauteuil, me tapote la main.

— Ma pauvre Margotte, est-ce que tu as compris cette fois que tu ne pouvais plus vivre de la sorte ? demande-t-il.

Sans lui répondre, je ferme les yeux. J'ai compris, oui, que ma famille avait volé en éclats, brisant du même coup mes espoirs et le sens de ma vie. Il m'en faut maintenant faire le deuil. Mon couple est mort. Bérénice et Agathe devront vivre avec papa d'un côté et maman de l'autre : c'est déchirant. Je n'ai rien de ce que je voulais, tout ce que je ne voulais pas est arrivé, il va falloir me séparer de Raphaël, l'homme de ma vie, le père de mes enfants, cette situation n'a pas de sens. Aurai-je assez de courage pour suivre une autre route ? Je ne crois pas. Me reconstruire toute seule sur les cendres de mon ménage, non, je ne pourrai pas.

— Tu dors, Margotte ? demande doucement papa, dont la main chaude est posée sur la mienne.

J'entends le bruit caractéristique de la porte d'entrée qui s'ouvre, maman arrive, les bras chargés de paquets.

— Je vais préparer des plateaux-repas et nous dînerons ici, avec toi, dit-elle, la voix à nouveau étranglée, mais ce soir il faudra que tu te couches dans ton lit. Tu dois dormir. Allez, je monte préparer notre chambre, nous resterons ici le temps de faire pour toi les démarches nécessaires à la gendarmerie et à la sécurité sociale, et nous t'emmenons chez nous, à Paris.

Le lendemain, dans la soirée, on frappe à la porte. J'avais complètement oublié que Raphaël et moi avions invité le père Amibert, nouveau curé de la paroisse. Lorsque je lui ouvre, je remarque sur ce visage habituellement souriant la marque d'une stupéfaction qu'il ne peut contenir. À peine est-il assis au salon que la sonnerie du téléphone retentit. Raphaël, au bout du fil, demande s'il peut rentrer. Inquiète, j'interroge mes parents.

— Il est ici chez lui, dit papa calmement.

Moins d'une demi-heure plus tard, nous le voyons arriver, pleurant, se mouchant, pitoyable.

— Je voudrais vous parler, mon père, demande-t-il au prêtre sur un ton morne.

Les deux hommes se rendent à la cuisine, nous laissant au salon dans un silence que personne n'ose rompre. Un long moment plus tard, ils reviennent, je ne sais ce qu'ils ont pu se dire mais le père Amibert affirme, d'un air grave :

— Il faut vous séparer, au moins un temps, peut-être y verrez-vous plus clair par la suite.

Trois jours plus tard, je suis assise à l'arrière de la Clio que conduit maman, en route pour la capitale.

Séparation

Chez mes parents, dans la chambre d'amis tapissée d'une toile de Jouy bleu Nattier, coordonnée aux doubles rideaux et au dessus-de-lit, je suis assise depuis le début de l'après-midi derrière un petit bureau. Je froisse des feuilles de papier et mâchonne mon crayon en tentant de répondre à la missive de Raphaël que je relis pour la énième fois.

Saint-Pardon, le 7 janvier 1998

Ma chérie,

Je commence à voir plus clair dans cette situation harassante. Je pense avec simplicité que je ne peux plus laisser dire plus avant « que ton mari te bat », ce qui n'est pas la vérité exacte, objective. Cette petite phrase simplifiée te fait construire un environnement désastreux autour de toi qui te détruit à ton insu.

C'est exact que mon omniprésente obsession d'efficacité, d'organisation précise de mon temps, de mes obligations ou même de mes exutoires font que je « ferme » notre relation.

Il faut désormais ne plus vivre en termes de reproches l'un envers l'autre, ce qui culpabilise et est désastreux.

Il faut te laisser parler, je ne le fais pas.

Il faut, moi, que j'apprenne à me taire.

J'ai compris que je ne devais pas te faire taire alors que je t'invite à parler en cultivant ton jardin clos, cela est tout à fait contradictoire. Il faut aussi que j'aie la simplicité d'accepter et de discerner les plaisirs que tu m'offres sans me sentir prisonnier ou redevable, que j'arrête de me préserver de peur de me faire « bouffer ».

Suis-je capable de répondre à tes demandes ? Ma mante religieuse, qu'au fond j'aime passionnément,

Raphaël

Plongée dans un océan de méditation, je réfléchis : Qu'est-ce que ça veut dire, Raphaël, ça : « pas la vérité exacte, objective » ? Tu me bats. C'est pourtant une vérité objective, ça... et ça n'est pas normal, ça... Maintenant que je le sais ! Maintenant que je le vois ! Maintenant que je l'accepte ! « La vérité exacte »... Quelle est donc ta vérité à toi ? Ah ! Raphaël ! Que tu es divisé ! Tu voudrais reconnaître tes erreurs mais l'autre part de toi-même s'y refuse. C'est ta souffrance intérieure que je lis, elle se dit à cœur ouvert pour la première fois. Tu m'appelles « ma mante religieuse » : ça veut tout dire. C'est cette peur de te « faire bouffer », comme tu le reconnais enfin, qui te fait fuir ou déclenche les violences dont pourtant tu refuses d'assumer la responsabilité. C'est cette culpabilité profonde qui t'interdit d'accepter tout cadeau, particulièrement les miens, puisque je partage ton quotidien. Je croyais pouvoir t'aider en multipliant les gentillesses mais je ne faisais que me nier sans que tu puisses grandir. Est-il encore possible de sortir de ce système devenu quasi sadomasochiste ? Je ne crois pas. Nous avons fini par tomber dans un cul-de-basse-fosse en glissant, dès le premier jour, sur la pente raide que nous empruntions le jour de nos noces.

À côté de moi est posé un bouquet de fleurs accompagné d'un petit mot : « Tu es redevenue la fille de tes parents mais je t'aime passionnément, mon épouse chérie, n'oublie pas de me revenir. Raphaël. » Ma plume en l'air, je médite encore. Qui suis-je pour toi ? Seulement « ta » femme ou « la fille de mes parents » ? Ne m'as-tu donc jamais perçue comme un être à part entière ? « Je vous donne cette sœur », affirmais-tu au moment de nos fiançailles, comme si j'étais un objet. Peut-être ai-je eu tort de ne pas m'attarder sur ce qui n'était alors à mes yeux qu'un détail.

Un coup d'œil par la fenêtre me montre que le jour descend déjà. Sur le papier blanc posé devant moi, j'écris quelques lignes, immédiatement froissées, qui partent directement dans la corbeille à papiers. Me faudra-t-il toute la nuit pour expliquer à mon mari ce que je ressens ? Et est-ce bien utile ? Peut-il seulement entendre ce que j'ai à lui dire ? Maman ouvre inopinément la porte.

— Dépêche-toi de te préparer. Nous allons dîner chez Gaétan, annonce-t-elle sans préambule.

— Ah bon ! réponds-je. Mais… vous ne m'en aviez rien dit.

— Peu importe, ajoute-t-elle, tu es contente de voir ton frère, non ?

Sans attendre ma réponse, elle est déjà partie. Je me lève et me maquille sans hâte en prenant une à une les boîtes minuscules posées sur la coiffeuse, en face de mon lit. Je ne demande pas au miroir si je suis la plus belle mais il me renvoie aux nombreuses injonctions de mon mari qui, me prenant ainsi au débotté, m'a toujours prévenue à la dernière minute d'une invitation. Un soupir s'échappe de mes lèvres, que je peins en rose alors même que je songe : « Que serait-il advenu si je lui avais tenu tête ? » Sa réponse arrive immédiatement : « Celles-là, je les jette. » Sans doute savais-je inconsciemment qu'il se servait des femmes comme l'on utilise un Kleenex, mais je n'aurais pas supporté qu'il me jetât. Je l'aimais, je l'idéalisais, je n'imaginais pas que ma vie fût possible sans lui. Dans cette glace ancienne, devant laquelle je lisse mes longs cheveux poivre et sel, paraît alors l'image de la petite fille aux nattes brunes, à qui l'on demandait d'abord d'être docile, gentille, obéissante. « N'est pas victime n'importe qui », me dis-je, alors que dans mes yeux brillent des larmes pleines d'un chagrin qui ne prendra jamais fin.

À huit heures précises, papa, maman et moi sommes installés derrière des flûtes de champagne dans le salon Louis-Philippe de Gaétan. Sa femme est curieusement partie au théâtre avec celle de Thibaud, lequel doit venir aussi, me prévient-on maintenant. Il habite Strasbourg mais a, par hasard, un congrès à Paris. On ne me parle pas de Yolaine, ça ne m'étonne pas : veuve trop jeune, elle est prise dans sa propre tourmente et n'a donné dans cette histoire qu'un seul conseil : « Il faut que Raphaël se soigne. » Je sais qu'elle s'en tiendra là. Quant à Amaury, qui vient d'avoir un bébé, il a autre chose à faire. Malgré les absents, je me dis que cela ressemble fort à un conseil de famille. Un bref coup de sonnette interrompt mes pensées. Thibaud arrive, impeccable comme toujours, dans son costume bien coupé. Il me semble que c'est lui qui va prendre la parole pour me sermonner sur le fait que je dois divorcer au plus vite, mais c'est Gaétan, plus bohème avec son chandail et son jean, qui se lève et annonce :

— Tu sais que nous t'aimons tous énormément, Marguerite, aussi avons-nous pensé qu'il valait mieux que tu habites dorénavant près de nous. Papa et maman sont venus te soutenir mais ils prennent de l'âge et ne peuvent pas se permettre de faire indéfiniment des kilomètres pour t'aider. Par ailleurs, ils deviennent fous d'inquiétude pour toi. Mes relations m'ont permis de te trouver un poste, tu pourras vivre confortablement ici et nous t'entourerons.

« Nous sommes tous du même avis, n'est-ce pas ? ajoute-t-il à la cantonade, alors que je vois toutes les têtes acquiescer en silence.

Muette, j'écoute et regarde. Est-ce qu'ils se rendent compte de ce qu'ils m'assènent ? Non, je ne crois pas. L'idée de quitter Raphaël me brise déjà le cœur, il n'est pas question en plus de laisser la région que j'aime et qui m'a adoptée. Et puis j'ai mis toute mon âme dans la reconstruction de ma maison, elle m'est comme une seconde peau, je n'en partirai pas.

— Quel que soit votre avis, j'habiterai là-bas, dis-je d'une voix blanche, j'aime la campagne et j'ai horreur du béton.

— Eh bien, si tu veux vivre en enfer, c'est ton problème ! lance alors Thibaud. Tu sais que ton mari ne sera jamais bien loin de toi. À son âge, il ne se refera jamais une clientèle ailleurs.

— Et alors ? réponds-je.

— Alors rien, nous t'aurons donné d'autres solutions, c'est tout, conclut Gaétan en proposant de passer à table.

Pendant le dîner, il n'est plus question que des occupations de mes frères.

Gaétan est ravi de son travail pour Arte et Thibaud s'amuse des facéties de ses patients, qui prennent parfois des suppositoires pour des comprimés. « Et moi, des vessies pour des lanternes », ne puis-je m'empêcher de penser.

Le repas me semble interminable ; aussi, je me sens soulagée lorsque, au milieu de la nuit lumineuse de la capitale, papa et maman me ramènent chez eux. Ils ne prononcent pas un mot et ont l'air tristes et inquiets.

Le lendemain, je reçois une autre lettre de Raphaël et puis une de plus le jour suivant. « Reviens, je t'aime » s'y lit comme un refrain lancinant. Par ailleurs, j'apprends que mes filles, volant au secours de leur père en pleine détresse, se sont rendues à Saint-Pardon. Il les a donc une fois de plus mises au courant de mon départ en affirmant sûrement, selon son refrain, que j'ai fait une crise de plus. Elles n'ont, comme d'habitude, que ce seul son de cloche, puisque je veux leur épargner nos difficultés.

« Agathe est adorable, elle ne partira que lorsque tu seras de retour », puis-je lire plus tard dans une autre missive. Cette fois, je craque et téléphone. C'est la voix grave de mon mari qui me répond.

— Est-ce que je peux espérer venir te retrouver ? demande-t-il en pleurant.

— On verra, m'entends-je murmurer, mais il faudrait d'abord que tu te soignes. Et puis, je souhaite par-dessus tout qu'Agathe retrouve rapidement le chemin de sa vie d'étudiante.

— Elle ne s'en ira d'ici que lorsque tu reviendras, martèle mon époux.

Moins d'une semaine plus tard, je suis sur l'autoroute, dans la voiture de mon mari, venu me chercher jusque chez mes parents malgré leur réprobation. Il file à toute vitesse vers le sud-ouest pour me ramener chez nous.

— Ne me quitte pas, chante-t-il en me proposant le programme de Jaques Brel. « Je t'inventerai/ Des perles de pluie/ Venues de pays/ Où il ne pleut pas. » L'image est jolie mais je préférerais me contenter de goûter simplement le moment qui passe, comme il vient, si nous étions en paix l'un avec l'autre, en paix chacun avec soi-même. Je n'ose l'avouer, parce que au fond de moi je sens que j'ai encore trop peur de Raphaël, bien qu'il ne cesse de me caresser la main.

En arrivant, je trouve Agathe souriante et fière d'elle.

— J'ai astiqué la maison de fond en comble, maman, affirme-t-elle, et puis j'ai fait mettre un signal d'appel sur le téléphone pour qu'il ne sonne plus jamais occupé. Comme ça, papa est content et vous ne vous chamaillerez plus.

« Pauvre chérie, me dis-je, ça n'est pas ça le problème. » Mais je l'embrasse tendrement. Je sais qu'elle exprime son plus cher désir en mettant tout en œuvre pour que notre couple aille bien. Passant dans la cuisine, je constate qu'elle a mis le couvert et préparé des crustacés. Ses attentions me remuent l'âme et je voudrais répondre à son attente. Elle semble tellement heureuse de nous voir à nouveau réunis que j'aimerais croire encore à un avenir conjugal possible, d'autant plus que son père multiplie les attentions à mon égard.

Le lendemain, nous la reconduisons ensemble à la gare. Alors que le train, une fois de plus, a fui avec ma fille adorée, je me retrouve à nouveau dans le face-à-face angoissant de notre couple à la dérive.

— Je me suis rendu compte que je n'allais pas bien et je consulte un psychiatre, murmure à mon oreille mon mari conciliant, alors que nous regagnons le parking. J'espère que tu es contente.

— Oh ! oui, mon cœur je suis contente, réponds-je pleine d'un espoir encore vivace.

Pendant quelques semaines, je trouve à la maison un tendre époux qui me couvre de bouquets de fleurs assortis de mots doux et souvent de petits plats achetés chez le traiteur.

— Je sais que tu aimes ça, il faut que tu manges pour reprendre un peu de poids et puis, tiens, voilà le vin qui va avec.

Bien que je n'aie pas grand-faim, je me force à déguster les mets proposés et bois de même, en cherchant un plaisir illusoire, malgré les contre-indications dues aux médicaments que je prends encore.

— Une petite goutte, c'est pas grave et ça te fait du bien, affirme Raphaël, qui trouve toujours l'occasion, lorsque nous sortons, de chanter à la cantonade : « Elle est bien un peu dépressive, ma pauvre petite femme ; pourtant, nous vivons une deuxième lune de miel. »

Aux yeux de tous, nous semblons en effet filer le parfait amour. Et nos filles, qui prennent au téléphone souvent de nos nouvelles, s'en montrent ravies. Le manège semble tourner rond malgré sa mélodie un peu métallique puisque mon mari, avec un brin d'arrogance, vit à son gré. Il part, revient à sa guise, parfois je ne le vois pas pendant une semaine. Jamais il ne me donne la moindre explication sur ses allées et venues, je n'en demande pas, n'osant ouvrir la bouche. Lorsqu'il est là, nos conversations se réduisent à celles des prévisions météo. La maison semble abriter un chat qui joue avec une souris mais au-dehors, les apparences restent sauves. Les jours se suivent et les mois se ressemblent, j'ai peur de sa présence et peur de son absence, j'ai peur de tout, je ne sais plus où j'en suis.

Un soir de la fin juin, Raphaël arrive, hésitant. Il tortille ses rouflaquettes en me jetant des regards pathétiques. Bérénice est partie en Angleterre et Agathe occupe ses vacances avec un petit boulot : cela doit l'ennuyer, me dis-je. Tout à coup, il lance :

— Ça ne te gênerait pas que j'habite un moment à Monroi, dans l'appartement qui est au-dessus de mon cabinet ?

— Vas-y, réponds-je, si tu penses que cela peut te faire du bien.

Ainsi a-t-il officiellement sa garçonnière, en conservant le domicile conjugal où il vient me rendre visite, quand il le souhaite, en me portant les mêmes plats avec les mêmes bouteilles. Pour apaiser un peu l'immense douleur qui me ronge, je tente de lire ou d'écouter de la musique. J'essaie parfois de retrouver l'image d'une femme digne en me faisant couper les cheveux, en m'achetant à l'occasion une petite robe à mon goût, mais je sais bien au fond que je suis anéantie.

Un soir de septembre, alors qu'alanguie sur le canapé du salon je savoure les *Préludes* de Chopin, j'entends entrer Raphaël et reste là sans bouger.

— Qu'est-ce que tu fais ? demande-t-il, interloqué.

— Tu vois, m'entends-je répondre, je vagabonde dans une harmonie miraculeuse.

— Si je comprends bien, tu es mieux quand je ne suis pas là, rétorque-t-il alors sur un ton sec.

Mon « oui » ayant surgi malgré moi, il pose sur la table basse la bouteille de monbazillac qu'il avait apportée.

— Bois-la sans moi, lance-t-il d'un ton rageur, puisque tu me fous dehors.

J'entends le bruit de sa voiture qui démarre en trombe, je m'en fous, j'ai l'habitude. « La procédure de divorce par consentement mutuel est la seule solution, me dis-je, cela me permettra peut-être, par la suite, d'avoir des relations plus saines avec le père de mes enfants. »

Moins de quinze jours plus tard, je trouve, en revenant de mon boulot, une lettre coincée dans ma porte. Un huissier m'enjoint de me rendre à la mairie. Je m'y précipite et trouve, stupéfaite, une liasse dans laquelle je découvre que mon mari demande un divorce pour faute. « Provoque des scènes à tout moment alors qu'elle est dans un état d'excitation anormal, ce qui rend le maintien de la vie conjugale impossible », puis-je lire. Le sol se dérobe sous mes pas, la terre s'entrouvre, des torrents de larmes arrosent le papier. Il la veut donc, cette guerre que je refusais ! Comment pouvais-je espérer encore une séparation à peu près pacifique ? !

De mon avocate, une femme élégante au sourire charmant, je ne vois d'abord que les chaussures, tant j'ai fini par marcher tête basse. Elle me rassure, bien que mon mari plaide que je sois folle et alcoolique.

— C'est sa violence qui vous a mise dans cet état-là, affirme-t-elle, le cas n'est malheureusement pas rare.

Et voilà que je remets les certificats de coups entre les mains de la justice des hommes. En retour, je reçois le portrait lamentable, que dressent de moi ma belle-famille et les amis de mon époux. Nous nous jetons à la figure toutes les salissures de notre vie de couple, et cela m'écœure.

21 mars 1998 : premier jour du printemps et jour de la conciliation. Assise face au juge, j'entends ces paroles définitives :

— Il n'est pas nécessaire que je vous demande si vous voulez vivre encore avec votre mari, puisqu'il vient de refuser.

Il ne veut plus de moi et je ne peux plus vivre avec lui. Tout est dit. Et je le vois traverser furieux les couloirs du palais de justice, en songeant que tout aurait pu encore être à peu près propre s'il n'avait voulu avoir définitivement raison de moi, en pensant que je ne me défendrais pas contre lui.

S'il savait combien mes rendez-vous chez mon avocate me sont pénibles, comme il m'est difficile de répondre aux attentes de cette femme au sourire charmant qui demande chaque fois :

— Pouvez-vous me fournir une preuve de plus des violences de votre mari ?

Sa voix est suave, son bureau agréablement fleuri, elle m'écoute. Elle sait combien j'ai mal, elle a compris que je me battais malgré moi contre le père de mes enfants. Souvent, j'ai le sentiment que c'est elle qui veut gagner, pas moi. C'est elle qui me *coache*, qui me *drive*, qui me guide. Il arrive que, face à mon manque de fermeté, elle m'interroge :

— Voulez-vous que la vérité soit faite sur votre couple ?

— Oui, oui, je le veux, m'entends-je répondre en un souffle.

— Alors, je suis obligée de vous dire que la plupart des victimes de pervers obtiennent des divorces à torts partagés, répond-elle fermement.

À ce moment, la révolte m'empoigne : c'est injuste ! C'est vraiment trop injuste !

Et Me Laurine me remet alors les témoignages établis contre moi, qui m'ulcèrent. Et je dois m'en défendre, bien que cela me déchire.

Pour m'achever, Raphaël jette nos filles dans la bagarre. Elles voient depuis longtemps ma santé altérée, mon mari peut donc accréditer son idée fixe : je souffrirais de neurasthénie depuis mon enfance à cause de mon éducation, et maintenant, je suis injuste avec lui, qui a fait tout ce qu'il pouvait pour m'aider. Fréquemment, il leur rend visite à Paris et les gâte en distillant son venin, tandis que je reste clouée à Saint-Pardon parce que je n'en peux plus.

Sur ce que leur père me fait subir pèse un silence oppressant. Je voudrais hurler : « Ne voyez-vous donc pas qu'il m'assassine ! » Pourtant, j'emprisonne en moi ce cri de douleur afin de les épargner. Raphaël a décidé de les mettre au cœur de notre divorce et les prend à témoin mais je n'entrerai pas dans son jeu. Ma révolte, s'exprimant trop sagement, par le biais de mon avocate, s'enfouit alors dans tout mon être et je sens que je m'effondre. Mme Garue fait ce qu'elle peut pour me sauver et passe souvent me voir, mais Raphaël me tue à petit feu, en claironnant à tous les échos qu'il est impossible de vivre avec une femme dépressive qui boit. Il ajoute, pour me discréditer : « Elle affabule. » Je n'ai pourtant jamais osé parler à personne des raclées qu'il m'assenait. Et je sais trop bien que, s'il m'en prenait l'envie, nul ne pourrait me croire. Il est l'homme triomphant, je ne suis qu'un pauvre petit être épuisé.

— Vous dépérissez, affirme un matin mon médecin, il faudrait que vous consentiez enfin à être hospitalisée.

Raphaël, pendant ce temps, continue de mettre régulièrement « ses » filles au courant de ce qu'ont pu écrire mes parents ou mes frères, en hurlant à l'injustice. Meurtries autant qu'ulcérées, Bérénice et Agathe finissent par prendre résolument le parti de leur père et me condamnent puisque, voulant encore et toujours les épargner, je continue de me taire. Leurs invectives passant des lettres au téléphone, elles finissent par refuser toute relation avec moi.

« Mes filles, oh ! mes filles chéries, vous ne pouvez pas comprendre et vous me clouez au pilori » résonne dans mon âme déchirée, comme un seul cri faisant écho à celui de Marie-Antoinette : « J'en appelle à toutes les mères ! »

Mon cœur était à l'agonie et voilà maintenant qu'il saigne le peu qu'il lui reste de sang. L'homme que j'aimais a détruit jusqu'à l'espérance de voir grandir encore nos enfants et les enfants de nos enfants. Si toute vie commune est désormais devenue impossible, je n'avais plus au fond de l'âme qu'un immense désir : la simple reconnaissance d'avoir conçu ensemble Agathe et Bérénice, nos filles.

Je sais que je leur ai montré le visage d'une mère souffreteuse, angoissée et soumise, mais je sais aussi que leur père les a prises en otage. En découdre avec lui m'est insupportable, mais lui rendre la monnaie de sa pièce pour tenter de « récupérer » le fruit de nos amours, ça, je ne peux pas. À l'automne, j'ai perdu tout ce à quoi je tenais, le tissu de ma vie progressivement s'est défait, il ne me reste qu'une solution, mourir.

Un très vilain matin de novembre 1999, je suis fin prête. Méthodiquement, j'avale les comprimés les uns après les autres en les arrosant de vin sucré pour accélérer leur effet et, doucement, je sombre.

Renaissance

Le temps s'est arrêté. Je perçois vaguement un univers immaculé pendant que bruissent autour de moi des murmures comme des ailes d'anges. Mon corps mollement s'enfonce dans un nid douillet de plumes, une main douce a pris la mienne puis l'a laissée reposer. Où suis-je ? Au paradis, sans doute… Une voix grave soudain me parle :

— Allez, madame Taquet, ouvrez les yeux, faites un petit effort.

Qui m'appelle par mon nom ?

Je voudrais répondre à l'injonction mais une chape de plomb pèse sur mes paupières. Ma mémoire confusément m'envoie le souvenir d'une autre voix, féminine celle-là : « Mets ta sirène, je ne sens plus son pouls… » Qu'est-ce que c'est que cette histoire de pouls et de sirène ? Une ambulance ? Est-ce que je serais dans une ambulance ? Je n'entends plus rien maintenant que des murmures avec l'étrange bip, très régulier, d'une machine. Je ne sens pas le bercement caractéristique qu'aurait un passager sur la route. Qu'est-ce qui se passe ? Je veux savoir où je suis et tends ce que j'ai de forces pour ouvrir les yeux. D'abord, je vois dans un brouillard un étrange objet rond. Un effort supplémentaire me permet d'identifier un stéthoscope sur une blouse blanche, enfin apparaît un menton bien rasé. Un médecin est là, courbé au-dessus de mon lit. J'observe qu'une perfusion coule goutte à goutte dans mes veines. Un masque, dans lequel je respire, est posé sur mon nez. Déçue, je réalise cette évidence : on m'a transportée à l'hôpital. Je sens un ruisseau tiède me couler sur les joues et clos à nouveau les paupières pour m'enfuir de ce monde où je ne veux plus vivre sans mes enfants. Mon ventre qui les a portées se gonfle en un soupir, mes bras qui les ont bercées gisent inutilement sur leur linceul, je ne sens plus les seins qui les ont nourries. Mes filles m'apparaissent dans la splendeur de leur jeunesse, en même temps qu'un poignard d'acier me déchire le cœur ; je repars dans les limbes où je n'existe plus. On me tapote les mains en répétant à nouveau :

— Allez, allez, madame Taquet, regardez-moi.

Péniblement, j'ouvre les yeux une fois encore, un aréopage immaculé murmure autour du lit sur lequel je sens mon corps inerte. Sur ce que j'ai de biceps, un manchon bleu foncé se gonfle et se dégonfle.

— Laissez-lui encore l'oxygène, entends-je.

À nouveau, je glisse dans la lumière d'une aurore boréale, j'y suis bien et voudrais y rester. Mais, autour de moi, l'on s'acharne.

— Faites un signe de la tête, demande-t-on.

Non ! ai-je envie de répondre, foutez-moi la paix. Ce désir est si fort que je sens mon cou se dévisser un peu de gauche à droite.

— C'est bien, madame Taquet, affirme encore la belle voix grave.

Mon cerveau, qui revit un peu, m'adresse maintenant des messages nets. Comment ces gens connaissent-ils mon nom ? Qui m'a amenée ici ?

Combien d'heures ou de jours s'écoulent dans ce no man's land où se trouvent étrangement mêlées la vie et la mort, je ne sais. Mais chaque rappel de ma conscience fait surgir en moi la douleur insupportable d'une explosion : celle de ma famille. Bien que mon cerveau ne désire que l'apnée, je sens ce souffle faible qui passe par mes narines, et c'est de mon cœur, comme d'une pompe, que j'entends derrière moi les bips très réguliers. Je n'ai pourtant plus rien à faire ici-bas, je veux partir en un monde où le bonheur existe. Les infirmières en blouse blanche relaient les aides-soignantes vêtues de jaune, le médecin m'encourage, un psychiatre me rend visite. Tant de monde autour de moi... Mais pourquoi ? Je n'ai dans l'âme que deux visages souriants. Celui de Bérénice et celui d'Agathe. Des boucles brunes enfuies avec des mèches blondes : mes filles.

Au plafond blanc, comme sur un écran géant, je vois leur premier sourire, leur première dent, leurs premiers pas et j'entends ce mot si tendre, prononcé pour la première fois : « maman ». Ma poitrine alors se gonfle en un sanglot que je ne peux réprimer.

— Alors, on n'a pas le moral ? me dit gentiment l'infirmière qui voit mes joues se creuser d'un sillon de larmes intarissables.

Elle me prend la main et ajoute :

— Il y a toujours un puits dans le désert, vous savez. Cherchez ce puits au fond de vous et vous allez guérir, vous verrez.

Ce puits m'est offert un matin derrière la fenêtre où je vois la vie partagée entre un ciel inexplicablement bleu et des branchages noircis par l'automne. Je les observe longuement, je n'ai que ça à faire. Une feuille morte se berce encore, mollement, au vent, puis s'échappe. « Une autre la remplacera bientôt », ne puis-je m'empêcher de penser. La ronde des saisons m'envahit alors curieusement l'esprit : peut-être ai-je encore une raison d'espérer ?

— Allez, accrochez-vous, madame Taquet, me dit quotidiennement l'aide-soignante en m'apportant la nourriture que je refuse.

Je ne sais pourquoi, un soir sort de mes lèvres une question :

— Comment connaissez-vous mon nom ?

J'apprends ainsi que c'est Mme Garue, venue à la maison comme elle en avait pris l'habitude, qui m'a trouvée. Et que c'est mon frère Thibaud, prévenu rapidement, qui s'est mis en relation avec le service dans lequel je suis hospitalisée.

Un soir, je porte machinalement à ma bouche le potage que l'on m'a servi.

— Vous allez mieux, affirme le médecin le lendemain matin.

Les jours s'étirent longuement, on me change de chambre. Maintenant, je partage celle d'une ancienne sage-femme. Elle paraît très âgée, sa retraite a sûrement sonné depuis longtemps, mais elle porte magnifiquement l'adjectif de sa profession. Elle me raconte sa vie pendant la guerre de 1940, le décès de son frère ; et parle avec passion de son métier. Elle raconte ses bonheurs et ses peines avec la foi profonde qu'elle a, chevillée au corps.

— Notre malheur, répète-t-elle, c'est seulement de ne pas voir les signes que Dieu nous envoie. Vous êtes jeune et vous êtes vivante, c'est sûrement que vous avez à faire encore votre chemin ici-bas.

En l'écoutant, je songe : « jeune », tout est relatif. Mais elle a certainement raison.

Si je suis toujours vivante alors que j'ai voulu mourir, c'est effectivement peut-être parce que j'ai sur cette terre quelque chose à faire. Réconfortée, j'écoute enfin ceux qui m'aiment : mes parents qui me téléphonent, Bertrand et Victor, deux amis du club de Raphaël, qui viennent me rendre visite.

Dans la solitude de mon désespoir, je ne voyais plus à quel point j'étais entourée. J'ignorais que Raphaël, dans son désarroi, alors que j'étais partie chez mes parents, avait avoué à Victor : « J'ai eu une scène terrible avec Marguerite, j'ai été obligé de lui taper dessus, ça n'est pas sa faute, la pauvre, elle est dépressive et je ne peux pas faire autrement. » Le calme veuf médusé en était resté bouche bée. Quant à Bertrand, l'autre copain, il se doutait, vu mon attitude, que je n'étais pas heureuse en ménage. Sa femme, Marguerite, mon homonyme, l'avait flairé, ayant été victime elle aussi, dans sa vie, d'un pervers.

— Tes amis sont charmants, répète inlassablement maman au bout du fil. Cela me rassure de te savoir ainsi entourée.

Comment se sont-ils mis en relation ? Sans doute par les adresses que l'on trouve dans le répertoire du club. Mais peu m'importe, je me sens protégée comme jamais je ne l'avais été pendant des années. Marguerite vient me voir chaque après-midi, elle écoute patiemment la plainte que je ressasse.

— Sois patiente, murmure-t-elle sans cesse, elles te reviendront, tes filles : une maman, c'est irremplaçable.

Malgré l'espoir qu'elle entretient, il me faut faire le deuil de ma famille, le deuil de Raphaël pour qui j'ai encore malgré tout des sentiments, où s'entrechoquent l'amour et la haine.

— Vous me dites une chose et l'instant d'après son contraire, assène un matin le psychiatre.

C'est qu'il me faut faire aussi le deuil de mes illusions de jeune fille, celui de mes années d'étudiante, alors que je portais aux nues un homme au fond tourmenté dont je n'avais alors pas encore perçu les ambiguïtés. Il me faut reconnaître qu'aimer n'est pas se soumettre, que donner n'est pas s'abîmer, et que pardonner n'est pas oublier. L'abnégation ne doit pas s'offrir à qui confond amour et domination. Chacun sa place et chacun sa responsabilité. Raphaël m'a certes foulée aux pieds, laminée, piétinée, mais j'ai laissé faire, en croyant à ce prix sauver notre ménage. Je me suis leurrée moi-même. Il me faut maintenant me retrouver telle que je suis, la tête dans les nuages, certes, mais accepter la réalité de cette terre, si jolie parfois, pour y coller fermement mes petits pieds. Lorsque, apaisée, je pourrai lire calmement l'histoire de notre couple, alors seulement je pourrai offrir à mes filles le cœur d'une mère sortie grandie de ses épreuves. Mais pour l'instant, j'entrevois tout cela encore dans la souffrance.

Un matin, Amaury m'appelle :

— Tu m'as bercé quand j'étais petit, c'est à mon tour maintenant de te bercer, affirme-t-il. Nous allons prendre soin de toi, grande sœur, mais c'est d'abord à toi de t'occuper de toi, tu as toujours voulu trop donner.

Il confirme les pensées qui balbutiaient en mon for intérieur et je songe : les anges, ce sont eux qui tissent autour de moi une toile fine, afin de m'aider à renaître dans le cocon du service de médecine où l'on me dorlote. Tous les soirs, j'ai maintenant droit à ma tisane comme récompense des efforts que je fais pour manger.

— Alors, ma petite dame, ça s'arrange, ce moral ? demande inévitablement l'aide-soignante en blouse jaune en me présentant la boisson parfumée.

— « Un seul être vous manque et tout est dépeuplé », réponds-je en citant Lamartine.

Car sans cesse, je pense à mes filles.

Le coup de téléphone miraculeux arrive un après-midi. Agathe m'appelle en pleurant.

— Je me suis fait tant de souci pour toi, maman, sanglote-t-elle. Je t'aime, tu sais. Même si j'ai été bien désagréable avec toi. Un jour, j'ai voulu te joindre à la maison mais tu n'étais plus là, et puis ensuite c'est ta famille qui ne voulait pas me dire ce que tu devenais. J'ai su ton hospitalisation par le club de papa.

Plus tard, j'entends les mêmes paroles de la bouche de Bérénice.

« Ah ! perles de ma vie, comme vous souffrez, vous aussi », ne puis-je m'empêcher de penser, en raccrochant le combiné.

L'hiver arrive à pas lents, avec Noël que je vais passer en Normandie. Pour achever ma convalescence, je suis accueillie dans une maison pour les femmes en difficulté avec l'alcool. Mes frères ont trouvé cette adresse, non loin de chez Amaury.

Avec maman qui m'accompagne, je rencontre d'abord une jeune femme souriante qui se présente comme étant l'infirmière.

— Je vais vous montrer votre chambre, me dit-elle.

Au deuxième étage, je pénètre dans une petite pièce mansardée, tapissée d'un léger semis de fleurs assorti aux dessus-de-lit. Je pose mes bagages, puis nous faisons un petit tour du propriétaire. Je découvre une salle à manger aux vastes tables rectangulaires en Formica, un salon cossu avec ses fauteuils en velours jaune dans lesquels des pensionnaires discutent ou tricotent. Plus loin, une salle de gymnastique avec un vélo d'appartement et d'autres équipements pour permettre de se muscler un peu. C'est dans cet univers que je vais passer quelques mois.

Maman me laisse. Elle préfère rentrer avant que la nuit ne tombe afin de conduire plus aisément. Je range méthodiquement mes affaires dans l'armoire mise à ma disposition et me rends directement à ma première réunion. J'y retrouve mes sœurs de souffrance, comme moi rouées de coups ou violées. En tous les cas, flouées de leur corps et de leur âme ; toutes, comme le souligne un rapport récent, « ont une consommation chronique de médicaments, de drogues et d'alcool ».

Me réconcilier avec moi-même est ma première tâche ; pour cela, je vais être aidée par les psychiatres et autres psychologues qui m'entourent, explique un homme aux cheveux blonds noués dans le dos. J'aurai plusieurs séances de gymnastique par semaine et une esthéticienne pour réapprendre à aimer ce corps meurtri que je déteste encore, et puis des entretiens personnels et des réunions. Un peu de temps libre, tout de même, me permettra de renouer avec mes passions personnelles ; enfin, j'aurai le droit de sortir une fois de temps en temps lorsque j'irai mieux.

Dès le lendemain, je prends le rythme sans avoir le sentiment qu'il m'est imposé, tant est grand mon désir de guérir. Les journées, les semaines et les mois passent et me pansent. Je suis entre parenthèses dans la société ; pourtant, je me sens exister et progressivement renaître à moi-même dans ce lieu clos et ouvert à la fois.

À la fin du mois de janvier, un lot de « pensionnaires », comme on dit ici, s'en va. Un autre arrive, amenant avec lui une très jeune femme aux grands yeux noirs et aux boucles de jais. De ses origines méridionales, elle a l'exubérance. Elle rigole toute la journée mais, après le dîner, après que l'on a entendu : « On demande Agnès au téléphone », on la voit systématiquement revenir en larmes. Agnès m'émeut, elle est à peine plus âgée que mes propres filles et je ne puis rester insensible au contraste si saisissant entre l'Agnès de la journée, gaie, souriante, pleine d'humour et l'Agnès d'après le coup de fil, effondrée, traînant sa misère comme une carapace trop lourde pour elle.

Sentant ma compassion, elle me raconte ses secrets : son mari la persécute, lui fait de lamentables chantages et prend leurs enfants à témoin. J'ai déjà vu ça quelque part et je la plains parce qu'elle est toujours amoureuse, parce qu'elle est, sans le savoir encore, le jouet d'un pervers. Je ne peux pas le lui envoyer tout de go dans la figure, c'est à elle de le découvrir avec les psys qui nous entourent, mais elle me plonge dans un océan de méditation.

Le travail que j'ai fait ici depuis plus longtemps qu'elle me permet d'avoir un petit métro d'avance. Comment pourrais-je ne pas comprendre que l'on soit dupe ? Je sais que j'étais, moi aussi, une sorte d'organe ou de chose au service de Raphaël. Je sais qu'en me niant pour sauver mon couple je n'ai rendu service à personne, pas même à mes filles que je voulais sauver du naufrage. Je suis là maintenant, pendant qu'elles portent aux nues ce petit papa chéri qui continue de les manipuler. C'est facile quand on a une femme « enfermée », comme il dit. Il pleure en affirmant avoir fait tout ce qu'il pouvait pour me sortir de mes angoisses et de ma dépression nerveuse ; il gémit, il se plaint, proclame sa douleur à tous les échos parce que j'ose l'« attaquer », selon son terme.

En effet, pour la première fois, j'ose me défendre, j'ose faire envoyer des témoignages qu'il qualifie d'« infâmes » et d'« injustes ». Habilement, il démontre que je l'humilie et lui fais endurer une insupportable torture morale. Oui, comment pourrais-je ne pas comprendre que l'on soit dupe puisque, seule pendant vingt-cinq ans, je l'ai été moi-même, en portant le poids énorme de culpabilité qu'il me mettait sans cesse sur les épaules ? Aujourd'hui, je puis y voir un peu plus clair parce que je suis libérée de son emprise, ainsi je peux prendre mes responsabilités. Si j'ai voulu croire ses belles paroles, si je me suis laissé briser, laminer, anéantir pour ne voir, dans mon abnégation, que la possible construction d'une famille idéale, si je n'ai pas pu regarder la réalité d'un mari qui entretenait savamment mon rêve, c'est que la chimère d'une femme obéissante et gentille, qui-vient-à-bout-de-toute-difficulté-à-force-de-douceur-et-de-patience, hantait mon esprit. Raphaël a bien compris que ma soumission prenait ses racines dans mon enfance, où toute velléité de révolte était immédiatement étouffée dans l'œuf. Il a abusé de cette faiblesse dont je n'avais pas conscience.

Bérénice et Agathe, élevées dans ce système, croient fermement avoir un père fort, honnête et responsable, alors même qu'il les manipule à sa guise. Je ne suis à leurs yeux qu'une pauvre petite maman malade, qui retourne sa vindicte contre ce papa adoré et projette sur un pauvre homme désarmé « une souffrance qui vient de son enfance », comme il le martèle. Mais je ne veux plus l'entendre. Je veux que la justice des hommes fasse toute la lumière sur notre couple, même si mes filles me supplient de revenir à un divorce par consentement mutuel, parce que leur papa adoré les envoie au charbon.

Que c'est difficile, tout ça, Agnès ; mais c'est inévitable. Ne suis pas mon chemin, Agnès ! Sauve-toi ! Tout de suite ! Maintenant. Plus tu tardes, plus il te sera pénible de remonter la pente. Tu n'as pas d'autre choix que le divorce. Ça n'est certes pas facile, mais peut-être parviendras-tu à te sauver et à sauver tes enfants, s'il n'abuse pas de ce droit de visite que l'on devrait interdire à tous les pervers.

Février grelotte sous le givre qui enchante les arbres du jardin, les jours s'allongent et je poursuis mon chemin vers le bout du tunnel. J'en aperçois la lumière, alors que les premiers crocus montrent leur frimousse violine. Une légère brise nous invite à de longues promenades vespérales, « mars qui rit malgré les averses prépare en secret le printemps » ; Agnès pleure encore sur mon épaule.

— Il veut que je me fasse teindre en blond, me confie-t-elle un soir de désespoir, qu'en penses-tu ?

Dans un soupir, je m'entends répondre :

— Et pourquoi ne pas vouloir aussi que tu mesures dix centimètres de plus ? Que tu changes de tour de poitrine, de tour de fesses, de tour de taille ?

La date de ma sortie, fixée au 18 mars 2000, étant déjà proche, je recopie pour elle, en lettres calligraphiées, une phrase du *Petit Prince* que j'aime particulièrement : « Je me demande si les étoiles sont éclairées afin que chacun puisse un jour retrouver la sienne. » J'orne la carte que j'ai écrite et vais la poser sur son lit.

À dix heures précises, le jour dit, maman revient me chercher, sa voiture est avancée sous le grand chêne de la cour gravillonnée. Sur le perron, j'embrasse toutes mes amies avec émotion pour leur dire au revoir et fais un clin d'œil à Agnès :

— Ce soir, je regarderai les étoiles, affirme-t-elle avec émotion.

Son adresse est dans mon sac que je serre en lui faisant, par la fenêtre, un signe de la main, alors que maman démarre. Nous franchissons le seuil de la grande grille. Adieu, chrysalide, je ne brûlerai pas les ailes de ma nouvelle vie à vouloir monter trop haut sous un soleil trop chaud. À bientôt, Agnès, je vais butiner les petites fleurs de mon jardin, elles ont un charme discret qui suffit à mon contentement et fera le tien, je l'espère, un jour prochain.

Dans la lumière de l'Annonciation, je retrouve bientôt, accompagnée de mes parents, le petit logis que j'aime, avec son puits, son four à pain et sa grange fermant la cour rectangulaire. Au moment de mettre ma clef dans la serrure, sous le ciel lavé d'un printemps éblouissant, j'éprouve une joie mêlée d'angoisse : « Vais-je pouvoir tenir debout toute seule ? » me dis-je. « Mais oui, répond en moi une voix forte, tu vas voir, la vie est si belle quand on la regarde avec simplicité. » Papa et maman, angoissés eux aussi, tiennent à rester avec moi quelque temps. Ils tentent encore à maintes reprises de me convaincre d'aller habiter près de chez eux, mais l'amour indéfectible que j'ai voué à cette maison et à la région qui l'abrite est le plus fort, je resterai ici, c'est chez moi, j'y ai planté mes propres racines.

La vie, tout simplement

Dès que les voilà envolés, je m'attelle à une tâche importante à mes yeux : redonner à ma petite ferme son âme d'antan. À cette fin, je parcours sans relâche toutes les brocantes de la région pour habiller ma maisonnette de meubles rustiques, de coussins, de fleurs, de boutis, de rideaux. J'astique, je brique, je cire, je change les moquettes. Il me faut des tables ovales, des placards d'angle, des tableaux représentant des matins frais. Il me faut confectionner un nid douillet où je me sente en sécurité, moi que le moindre bruit insolite fait encore tressaillir. Il me faut du propre, du nouveau, de l'inédit pour en finir avec mes paniques, avec ces salissures qui m'habitent et que je veux laver. Il me faut une maison ronde comme un ventre de mère, douce comme un printemps et parfumée comme une chair de bébé. Il me faut un cocon où je me berce moi-même dans l'harmonie d'une nouvelle aurore. C'est qu'apprivoiser le quotidien n'est pas une tâche facile. Au supermarché, j'ai parfois encore des palpitations parce que je dois arracher de moi cette terreur que j'avais de Raphaël. Ses phrases sournoises me hantent, je m'oblige à les laisser jaillir de ma mémoire et me rassure moi-même : « Tu peux manger ce qui te fait plaisir, ma chérie, il ne peut plus rien te faire », me dis-je. Victor, dans ce domaine, joue un rôle important : il arrive que je lui prépare un repas dont il est toujours satisfait ; sans le savoir, il me redonne confiance en moi. Lorsque je lui fais compliment de son aptitude au bonheur, invariablement, il répond :

— Mais c'est ça qui est normal, je suis quelqu'un de très ordinaire, tu sais.

À l'inverse de Raphaël, il m'encourage à naître à moi-même « dans une harmonie préétablie », comme il dit, parodiant plaisamment Leibniz. Son indéfectible soutien m'est si précieux que nous nous voyons bientôt quasi quotidiennement. Nous avons le même goût pour la littérature, les mêmes aspirations à la paix, le même désir de regarder ce qui est positif. Il a cette manière très particulière de se moquer de lui, si rare que j'en fais mon pain bénit.

De leur côté, Marguerite et Bertrand me reçoivent souvent. À mon tour, j'organise des petits dîners où je les invite, ils me félicitent des progrès de ma maison, qui me devient comme une seconde peau, et contribuent parfois à son amélioration par des cadeaux. Me sentant entourée comme je ne l'avais pas été depuis longtemps, je souris à nouveau, ris aux éclats parfois et me surprends même à chanter. Bérénice revient à pas menus, Agathe suit de loin. L'énorme paire de rouflaquettes qu'a toujours gardée leur père, comme s'il se planquait derrière cet artifice, nous sépare trop souvent à mon gré. Car, dans notre guérilla, il ne cesse de hurler au désespoir. Quelle est la part de manipulation, quelle est celle de réelle souffrance ? De leur côté, les filles l'écoutent toujours, le plaignent souvent, m'en veulent ouvertement parfois. Du mien, je laisse les avocats se répondre inlassablement, alors que je suis encore officiellement sa femme, bien que le juge nous ait assigné des résidences séparées. J'ai compris et JE ne suis plus décidée à entrer dans son jeu. Je ne suis plus sa proie, je veux vivre et grandir. Je laisse Raphaël à ses illusions, parce que je sais que son idée fixe a toujours été d'avoir raison. Je sais qu'il n'acceptera jamais de regarder en face la violence qui le ronge. Je sais trop bien que, quoique écrasé par la guerre incessante qu'il mène contre lui-même, il refuse de faire face à son propre miroir et projette sur moi son mal d'être. En ce sens, il a raison de prétendre qu'il m'aime encore puisque dans sa tête je reste sa victime préférée.

Les saisons tournent maintenant plaisamment : j'aime les tièdes soirées de printemps comme les chaudes journées de l'été ou même le froid cinglant de l'hiver. La pluie me fouette le visage en automne et je souris, non plus aux anges, mais à cette glaise bien de chez nous qui me colle aux pieds et à ce grand vent qui décoiffe sans faire tourner la tête.

Tous les jeudis, je me rends dans la villa fleurie de Mme Pétrone afin de dénouer les écheveaux encore emmêlés dans mon cerveau.

— Je veux que vous me parliez de vous, demande-t-elle aussi fermement que mon autre thérapeute.

Et les sarcasmes quotidiens de Raphaël quittent mon esprit alors que je retrouve MA parole. Au fil des séances, je découvre en moi la petite fille en bleu marine qui apprenait à serrer les dents en encaissant toute douleur sans jamais « s'écouter », comme on disait. Sans donc écouter la petite voix qui répétait inlassablement : « C'est toi que j'aime, comme tu es, avec ta fantaisie, ta curiosité, tes erreurs. Ôte les plis de ta jupe bleu marine ; ôte tes chaussettes blanches et tes souliers bien cirés. Quitte les rangs, range ton uniforme et marche. Avance sur TON chemin. »

Le jour de nos noces, en enfilant la robe dessinée par mon fiancé, je quittais sans le savoir l'uniforme bleu marine pour enfiler celui de l'épouse soumise. J'ignorais que j'entrais en domination, que j'allais droit dans la toile invisible que Raphaël avait tissée avec un art consommé en se servant de mon éducation. Une fois immobilisée, il s'est jeté sur ma fraîcheur, qu'il appréciait, pour s'en repaître et en extraire tout le suc.

J'avais érigé le silence en vertu, mis la fidélité au panthéon de mes valeurs personnelles. J'ai passé vingt-cinq ans à cultiver mon rêve de famille en voulant penser qu'il était possible de recoller les miettes d'un couple qui explosait. Je voulais respecter et accueillir la sensibilité de Raphaël avec sa personnalité, mais j'oubliais la mienne. Dès les premières humiliations, avant même qu'il ait levé la main sur moi, les liens de notre mariage avaient volé en éclats. Mais je n'ai pas voulu me rendre à cette évidence qui labourait mon corps parce que j'y enfouissais mes angoisses. Raphaël triomphant avait compris que, selon ma manière de fonctionner, notre couple se devait d'être impeccable comme les plis de ma jupe bleu marine, comme mes chaussettes blanches, comme mes souliers bien cirés. S'il ne l'était pas, c'était ma faute ; si mon mari se masturbait, c'est que je n'étais pas « baisable » ; s'il avalait ses repas à toute vitesse, c'est que je ne savais pas faire la cuisine ; s'il ne m'accordait pas la moindre attention, c'est que je ne la méritais pas. En revanche, s'il me frappait, c'est que je « ne méritais que ça ». « Tu sens le beurre frais », me disait-il du temps de nos fiançailles. Peu à peu, toutes ses autres phrases ont creusé leur sillon dans le « beurre frais » ; inexorablement, elles se sont incrustées dans mon cerveau.

« La souffrance de mon enfance », comme disait Raphaël, ne s'accordait que trop bien avec sa volonté de domination. Pourtant, le mariage n'est pas un dressage que l'on doit accepter. Ma sœur, elle aussi, avait pourtant été une petite fille en bleu marine. Mais il s'est trouvé sur sa route un homme réellement amoureux d'elle, un homme sincère et délicat, honnête et droit, un mari qui l'a respectée jusqu'à sa mort prématurée. Un mari, un père, un beau-frère, un oncle, un gendre que nous regrettons tous. Étrange destin que nos deux vies. Elle qui avait rencontré le véritable amour, est devenue veuve à peine arrivée à la quarantaine. Moi qui avais croisé sans le savoir un pervers, j'avais accepté son dressage au point de sombrer progressivement dans une grave dépression.

J'ai eu la chance d'avoir pu me faire soigner au milieu de femmes comme moi, dans la maison de Normandie que mes frères ont trouvée au bon moment. Mais la plupart des victimes, détruites, font des séjours en hôpital psychiatrique, ce qui renforce l'idée qu'elles sont folles et fait triompher leur conjoint. Si aujourd'hui je peux mener une vie tranquille dans ma maison, au bord de la mer, si j'ai pu retrouver ma place dans ma famille et dans la société, c'est que j'ai pu commencer à me reconstruire dans une petite structure exclusivement réservée à des femmes dont la plupart étaient, comme moi, victimes d'épisodes de maltraitance. Je voudrais que toutes puissent en profiter pour retrouver l'estime d'elles-mêmes, pouvoir faire des projets, VIVRE. Profiter de l'instant présent, voir plaisamment passer les saisons, aimer les tièdes soirées de printemps comme les chaudes journées de l'été ou même le froid cinglant de l'hiver, se faire égoïstement plaisir sans en éprouver de culpabilité, écouter sa petite voix intérieure.

On m'a appris le suicide d'Agnès... Combien ont décidé de mettre fin à une vie trop douloureuse ? Combien ne se sont pas ratées, comme Agnès ? Il n'y a pas pour ces mortes-là de chiffre officiel. Combien restent définitivement estropiées ? Combien ne se remettent pas, psychologiquement, d'une vie conjugale infernale ? Je ne sais pas. Mais je sais, bien que je ne l'aie jamais revue après son divorce, que Marie va mal. Et combien, comme moi, s'en sont à peu près sorties ? Je l'ignore aussi. Si j'ai décidé de briser l'omerta, parce que ce fléau sur lequel on lève enfin le voile est encore mal connu, c'est parce que si l'on sait que six femmes meurent tous les mois sous les coups de leur mari ou compagnon et qu'une femme sur dix est victime de violences conjugales, on ne se rend pas compte de l'enfer qui se vit derrière ces chiffres.

Il reste encore beaucoup à faire pour aider les victimes à sortir de la spirale infernale dans laquelle elles s'engluent en silence. Une loi a récemment été votée pour qu'une femme violentée puisse rester chez elle. S'enfuir du domicile pour se protéger participe à la culpabilité de la victime, mais tant que TOUS les hommes violents n'auront pas la certitude qu'ils seront punis pour leurs actes, comme on l'est si l'on commet une infraction sur la voie publique, la violence perdurera dans les foyers. Tant que l'on récitera la fable du pot au lait sans s'émouvoir de ce que Perette rentre chez elle « en grand danger d'être battue » pour avoir cassé quelques œufs, les femmes se culpabiliseront des coups qu'elles reçoivent pour une peccadille. Elles se tairont en le vivant comme une honte, surtout si leur mari ou compagnon a un poste important dans la société.

Épilogue

Le 19 décembre 2001, j'apprends que mon divorce est prononcé aux torts exclusifs de mon époux. Mme Raphaël Taquet n'existe plus, Marguerite Binoix renaît officiellement à elle-même. Je me sens assez de forces pour reprendre le chemin de mon travail, en mi-temps thérapeutique d'abord puis enfin à temps complet, heureuse de pouvoir me réinsérer dans la société.

Le 2 août 2003, Bérénice épouse Noël dans l'allégresse. Son père zappe sur la mairie, consent à la conduire à l'autel, en bras de chemise, alors que les chapeaux fleurissent partout dans l'église… Mais il est là. Même s'il refuse d'assister au dîner, il accepte, sur l'insistance d'Agathe, de faire un petit tour au vin d'honneur. « Les trois grasses », quant à elles, brilleront par leur absence, par « solidarité avec leur frère », selon leur expression.

Le 24 juillet 2004, Agathe, à son tour, fonde un foyer avec Peter. Raphaël n'est pas présent. De toute façon, il est malade.

Je vois grandir les jeunes ménages dans un amour véritable, avec la reconnaissance de l'altérité. Contempler ce bonheur me remplit l'âme d'un profond bonheur.

Le 9 mai 2005, je me penche, émerveillée, au-dessus d'un nouveau berceau. Agathe a mis au monde une adorable Domitille, blonde comme elle. Que deviendra cette petite fille ? Je ne sais, mais je sens dans ce ménage tant d'attention et de respect que je regarde l'avenir en toute confiance.

Raphaël ne verra pas grandir ses petits-enfants : il s'est éteint le 20 juin 2005. Quelques jours plus tard, Noël m'a remis son testament en hésitant. « Je dois vous le donner, bien que ce soit dur », m'a-t-il affirmé. J'ai pris la feuille en tremblant et j'ai lu : « Je demande humblement pardon à ma femme de l'avoir aimée un peu rugueusement. Je lui pardonne les humiliations qu'elle m'a fait subir puisqu'elle est affectée d'une souffrance qui vient de son enfance. »

Le choc, sur le moment. Pourquoi avoir écrit ces lignes, Raphaël ? Toi qui as subi sept mois d'une agonie insupportable avec tes comas, tes cinq passages sur le billard, tous les pronostics vitaux à quarante-huit heures et les complications à la chaîne. Dire que tu as pu faire un bref passage dans la région dans toute cette souffrance et que cela ne t'a pas fait modifier une ligne de ce que tu avais écrit ! On aurait donc pu te hacher menu que tu n'aurais pas changé d'avis ! Ah ! Raphaël, que veux-tu me dire de manière définitive ? Que dois-je lire entre les lignes ?... Me demandes-tu réellement pardon derrière ces phrases sibyllines ou n'est-ce pas là une ultime pirouette pour ne pas assumer ? Pourquoi encore évoquer cette souffrance qui viendrait de mon enfance ? Voudrais-tu même encore me faire du mal en tentant d'accréditer ton idée fixe ? Voudrais-tu détruire à jamais ma relation avec nos filles ? Je ne sais pas... Tu ne me donnes pas les moyens de le savoir. Tu te vois comme un homme humilié... Serait-ce donc cela, ta vérité ? Ne t'es-tu donc jamais remis de ce que notre divorce ait été prononcé à tes torts exclusifs ? Est-ce en cela que je t'ai humilié ? Est-ce parce que j'ai riposté au divorce pour faute que tu m'avais envoyé ?

Plus tard, ce testament m'a en fait définitivement libérée. Si je ne le comprends pas, j'ai au moins la confirmation que notre relation était impossible. Si, à la veille de mourir, il ne pouvait me dire autre chose que cela, c'est qu'il ne pouvait se comporter avec moi d'autre manière. J'étais, selon lui, dépressive par nature, c'est ainsi qu'il me percevait, rien n'était donc possible entre nous. Jusqu'à son dernier souffle, il n'aura pas supporté que sa violence lui appartienne. Rien ne pouvait donc le guérir de la vaste douleur qui creusait au fond de lui le sillon du malheur.

De là où tu es, tu dois le voir, Raphaël. Je t'ai toujours conservé au moins une place ineffaçable : celle de père de nos enfants. Agathe t'a transmis mes derniers mots pour toi, alors qu'elle veillait à ton chevet. « Dis-lui que je l'embrasse et que je pense à lui », lui avais-je demandé. Tu sais à quel point ils étaient sincères.

Aujourd'hui, j'ai pu me rendre sur ta tombe. En y déposant un bouquet de fleurs sauvages, j'ai pensé : Je t'ai aimé, je t'ai haï, mais jamais je ne t'ai jugé. Il ne m'appartient pas maintenant de le faire. Je souhaite simplement que tu trouves enfin la paix que ton cœur tourmenté cherchait tant. Tu appartiens à Dieu maintenant, et c'est ce qui pouvait t'arriver de mieux. Lui seul peut faire ce que je n'ai pas réussi à faire : enlever cet éclat du miroir du diable qui ne serait pas parvenu jusqu'à ton cœur.

Postface

ou la maison du bonheur

Bérénice au jardin se prélasse, Noël à ses côtés feuillette un livre, levant parfois sur elle un regard amoureux. Agathe plonge en riant dans la piscine, en une brasse elle y rejoint Peter et l'enlace. Domitille, ses brassards flottants aux bras, patauge. Pour ne pas déranger ces instants délicieux, j'ôte aux rosiers leurs fleurs fanées laissant éclore leurs bourgeons.

— Tu viens te baigner maman ? lance Agathe.

— Oui, viens avec nous mamou, reprend Domitille.

— Je vais me mettre en maillot de bain, dis-je, un sourire aux lèvres, en posant mon panier.

Dans la fraîcheur de la maison aux volets mi-clos, je jette un coup d'œil au salon. Victor, qui est devenu mon mari, sommeille dans son fauteuil, un livre ouvert sur ses genoux. Comme pour mettre un point sur le i d'harmonie, la comtoise envoie sa note de cristal. Il est quatre heures et demie de l'après-midi en cette mi-juillet 2006, le bonheur goutte à goutte me coule dans les veines. Sans hâte, je me change en écoutant par la fenêtre de ma chambre bleue les rires de mes enfants.

Depuis le début de l'été ils forment un quatuor qui me distille un allégro, sans fausse note. Agathe à la trompette et Peter au basson, Bérénice à la harpe et Noël au piano accordent leurs différences. Domitille, soprano légère, ajoute sa petite voix avec des airs de diva.

— Elle va te faire tourner en bourrique, affirme un jour sa mère alors que, pour lui faire plaisir, je remonte pour la dixième fois ma poupée automate. C'est vrai que je ne lui refuse pas grand-chose à ma blondinette, et l'on voit sa présence dans tous les coins de la maison. Des pinceaux, des crayons sur un bureau d'enfant, au salon sa petite chaise, au jardin un ballon, une brouette à sa taille et, jusque dans le réfrigérateur, des petits-suisses de toutes les couleurs. Parfois sur mes épaules, elle me transforme en cheval au pas, au trot, au galop, et me donne pour récompense l'éclat de son rire enfantin.

— J'aime ton cœur de grand-mère, sourit Victor qui m'observe alors que, essoufflée, je viens m'asseoir auprès de lui.

Il arrive que les deux jeunes ménages sortent le soir en me laissant le soin de m'occuper de Domitille. J'en suis ravie.

— Elle dort ? murmure Agathe en rentrant.

Et je réponds dans un sourire :

— Elle dort comme un ange.

Je vois le père et la mère monter contempler leur enfant puis redescendre, heureux. Un moment nous discutons, puis chacun regagne ses pénates. Bérénice et Noël ont choisi le studio dans les anciennes dépendances de la ferme, Agathe et Peter ont préféré la chambre d'amis. Parfois, ils vont habiter à Monroi dans la maison que Raphaël, par la force des choses, a laissée à ses filles. Progressivement ils en prennent possession, changeant çà et là quelques meubles, le deuil se fait à pas lents, « à châ p'tit », comme on dit ici.

Sur la tombe de leur père, mes filles ont déposé un olivier, le symbole à mon sens est joli.

— As tu trouvé la paix Raphaël ? Je le souhaite.

Dans la paix de mon âme que mon cœur, tourmenté aussi, cherchait tant, je puis te dire aujourd'hui que j'y vois clair parce que je l'ai voulu. Je sais qu'au fond de moi pleurait sans mots une petite fille dressée pour la docilité, tandis qu'au fond de toi hurlait sans mots un petit garçon qui s'exprimait au quotidien dans l'agressivité. Brisé par ton père, tu avais peur de te faire envahir, peur de te « faire bouffer », comme tu disais. Brisée par ma mère, j'avais peur de n'être jamais à la hauteur de ma tâche. Ta peur t'a conduit à ne jamais accepter de n'avoir pas toujours raison, et ce, jusque dans tes derniers mots parce que tu étais prisonnier d'une geôle d'enfance que tu refusais d'identifier.

J'ai voulu, j'ai osé, j'ai cherché à comprendre. Avec l'aide d'une thérapeute je suis allée jusque dans les tréfonds de mon être, pas après pas j'y ai démêlé l'écheveau des « souffrances de mon enfance », comme tu disais, et dont tu te servais. J'en ai dénoué les chaînes, j'en ai ôté les barreaux, ainsi je puis vivre aujourd'hui libre, droite, debout.

Notre histoire, somme toute banale, hélas ! je la donne aux autres afin seulement qu'elle éclaire juste un peu les pas de ceux qui n'emboîteront pas les nôtres. Je puis aujourd'hui affirmer que, dans les violences conjugales, il y a au départ deux enfances en souffrance qui ne parviendront jamais à l'indispensable échange à moins que chacun ne panse ses plaies inconscientes. Sans doute n'y a-t-il pas comme on dit « un profil de victime », mais on peut cultiver des petites victimes innocentes qui, par la suite, se soumettront simplement parce qu'elles ne pouvaient survivre que dans cette attitude. De même en est-il pour l'homme violent, et les deux s'alimentent, entraînant trop souvent les tragédies que l'on sait.

J'ai tant souffert dans le mariage que je ne pensais pas pouvoir à nouveau tisser des liens conjugaux et pourtant, chaque jour, je rencontre en Victor un mari attentif, généreux, qui m'aime pour qui je suis et comme je suis, dans mon altérité. Notre vie au quotidien n'est faite que d'échanges, calmes et sereins, et si nous ne sommes pas du même avis, ce qui est heureux, nous en discutons, parfois même nous en rions. Nous vivons dans le respect, la tendresse, la paix. Trois mots que je souhaite à mes filles, à ma petite-fille, à toutes les petites filles, afin qu'elles aussi puissent vivre pleinement leur vie.

Table

8215

Composition Nord Compo
Achevé d'imprimer en France (Manchecourt)
par Maury-Eurolivres
le 9 janvier 2007.
Dépôt légal janvier 2007. ISBN 2-290-00027-4
EAN 978-2-290-00027-4

Éditions J'ai lu
87, quai Panhard-et-Levassor, 75013 Paris

Diffusion France et étranger : Flammarion